# Sommaire

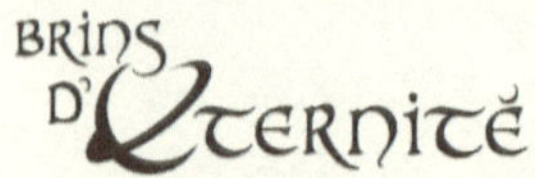

*Brins d'éternité* est une revue francophone consacrée aux littératures de l'imaginaire : science-fiction, fantastique et fantasy, qui a pour objectif d'offrir une plateforme de publication aux auteurices canadien.nes et étranger.ères francophones aguerri.es autant qu'aux débutant.es.

*Brins d'éternité* rémunère ses illustrateurices et auteurices de fiction. Pour plus d'information sur nos tarifs, écrivez-nous à l'adresse courriel de la rédaction.

Toute reproduction est interdite, à moins d'entente spécifique avec les auteurices et la rédaction. Les opinions dégagées dans les critiques ou chroniques sont celles des auteurices et n'engagent en rien la rédaction.

Pour nous écrire : brinsdeternite@flamearrowpublishing.com

## ENVIE DE VOUS ABONNER ?

Prix unitaire : 15,95 $
Abonnement 1 an (4 numéros) : 55 $
2 ans (8 numéros) : 95$

Rendez-vous sur notre site : revue-brinsdeternite.com/

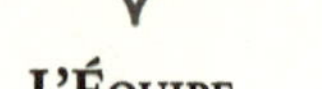

## L'ÉQUIPE

**Éditeur & Team Manager :** Dave Dufour
**Directrice artistique/graphiste :** Ericka Sezille
**Direction littéraire :** Sabrina Raymond, Joséane Toulouse, Dave Dufour, Frédérick Boulay
**Révision linguistique :** Kim Archambault
**Correction des épreuves :** Dave Dufour, Sabrina Raymond, Marie Pelletier
**Comité de lecture :** Sabrina Raymond, Marie Pelletier
**Contrôle de la qualité :** Sabrina Raymond, Marie Pelletier
**Communication et Marketing :** Catherine Parke
**Logo :** Yves Narbonne

Dépôt légal — Bibliothèque nationale du Québec, 2025

Dépôt légal — Bibliothèque et Archives Canada, 2025

**Date d'impression :** Mars 2025
ISBN : 978-1-99-036836-3 (Imprimé)
9781990368343 1 (Numérique)

# ÉDITORIAL

Salutations à vous, chère communauté!

Nous sommes très heureux.ses de vous présenter le premier numéro de cette nouvelle année. *Brins d'éternité* continue sa renaissance en ajoutant à sa collection des histoires qui vous transporteront aux confins de la galaxie et de la psyché humaine. Mais avant, une annonce bien particulière fera le bonheur de plusieurs d'entre vous, de nous toustes. En effet, nous célébrons notre adhésion à la SODEP, une association qui soutient les revues culturelles québécoises.

Ceci s'avère une étape importante dans le développement de *Brins d'éternité*, qui verra ses numéros distribués et diffusés dans toutes les librairies, bibliothèques et établissements scolaires du pays. Cela signifie également que nous serons présent.e.s dans les principaux salons du livre. Nous prévoyons que la diffusion de *Brins* débutera avec notre numéro d'été, soit le 65. Les détails à ce sujet vous seront communiqués via nos réseaux sociaux. Restez à l'affût!

Sans plus attendre, voici les nouvelles à l'honneur dans ce numéro du printemps!

*Cauchemars sur le Nihl* d'Alexia Seda nous transporte dans un monde où les rêves et les cauchemars sont littéralement une porte vers l'âme.

*Remote* de Mathieu Villeneuve et Damien Blass font découvrir une drogue hallucinogène, le kushian, qui permet de transcender les sens tout en engendrant une dépendance redoutable.

*Au bord du gouffre* d'André Ouellette, une nouvelle plume sur notre radar, nous incite à faire la connaissance de mythiques guerrier.ère.s de la Grèce Antique.

*À la mémoire des années immobiles* de Guillaume Voisine, l'un des textes finalistes de notre Concours 20 ans d'éternité de l'été dernier, nous plonge dans la solitude d'une mère.

*La concierge, l'Alpha et la Cigale* de Michèle Laframboise, une habituée du milieu de la SFFQ, entraîne les lecteurices dans un monde futuriste où l'exode d'une partie de l'humanité commence. Qui sont les heureux.ses élu.e.s ?

*Europa II* de Marie-Catherine Daniel expose un futur où la conquête de l'espace se heurte à des formes de vie intelligentes. Très intelligentes.

Maude Abouche, qui publie maintenant sous son nom de plume Madi Haab, nous revient avec sa nouvelle chronique *Représentation et résistance*, le thème choisi pour ce numéro. Les littératures de l'imaginaire connaissent une transformation évidente dans le but d'être plus représentatives de nos communautés. Il va de soi de réfléchir à la meilleure façon d'y parvenir.

Nicolas Vigneau offre dans sa chronique *La nostalgie des Fêtes* de réjouissantes recommandations de lecture qui ont marqué, entre autres, toute une génération. En livrant son expérience, il invite à partager cette passion de l'imaginaire qui l'habite.

Nous terminons ce numéro avec nos coups de cœur du moment, qui vous ont été préparés par nos collaborateurices dévoué.e.s Marie Pelletier, Pierre-Denis Noël, Frédérick Boulay, Marie d'Anjou et Maude Abouche.

En espérant que ces textes sauront vous réchauffer dans cette période particulièrement froide et neigeuse,

Bonne lecture !


Dave Dufour

Éditeur chez les Éditions Flame Arrow et la revue *Brins d'éternité*

Toute l'équipe de *Brins d'éternité* vous souhaite une agréable lecture!

Passionnée de littératures et cultures orientales, **Alexia** a suivi une formation initiale en arabe littéraire et arabe égyptien à l'INALCO avant de devenir enseignante de lettres modernes. Depuis plusieurs années, elle développe un univers d'inspiration moyen-orientale dans lequel se déroulent ses romans et nouvelles de fantasy. Elle s'autorise quelques escapades plus « réalistes », mais, pour elle, les frontières avec l'imaginaire restent toujours poreuses.

Son prochain roman propose une réécriture féministe des *Mille et Une Nuits* et sera publié en avril 2025 aux éditions Timelapse.

# Cauchemars sur le Nihl

## Alexia Seda

*Même celui qui ne prête pas attention à ses rêves perçoit ce bourdon-nement permanent qui sourd des tréfonds, le bruissement du silence.*
Tobie Nathan

Sur sa poitrine pèse tout le poids des songes. Ses côtes ploient et s'inclinent, le cœur furieux se débat. L'organe étouffe et refuse l'évidence : le cauchemar écrase les illusions. Assis sur le dormeur, le Djinn averti, il faudra faire avec lui.

Voilà la vision que lui avait décrite cet homme étrange, ce pré-tendu Lettré emberlificoté dans un caftan trop large et dont un pan de turban pendait négligemment sur l'oreille. Le capitaine Yaaqub Ibn Majid des Banu Hawqal n'avait jamais vu ça, un il-lustre savant venir jusqu'au port de Biskra, sans appui officiel, sans recommandation, pour demander à monter une expédition pour la province de Qasr Alayn, et surtout – là résidait le plus grand étonnement du voyageur – jusqu'à la source du Nihl, jusqu'à la source de ce que les marins appelaient le Fleuve-À-Rebours ! Il en avait vu, des hurluberlus, au cours de ses pérégrinations, mais un toqué comme celui-là…

— Rendez-vous compte, capitaine ! lui avait dit le savant avec l'espoir insensé de le convaincre. Nous irons non seulement jusqu'à la source de l'Onirocratie[1], là où l'on a retrouvé le plus ancien livre d'interprétation des songes, mais nous allons aussi remonter le fil de mon rêve ! En tant que chasseur de cauchemars et dépositaire d'une telle vision, je me dois de tenter ce que plus personne n'ose, c'est-à-dire m'entretenir avec Aboughtass !

Yaaqub avait replacé les pans de sa ceinture de soie, s'était lissé la barbe qu'il portait toujours impeccablement taillée, et avait toisé son interlocuteur avec toute la morgue dont il était capable. Le profil aquilin, la haute stature et le charme sombre du capitaine

[1] L'art des songes.

ne semblaient aucunement impressionner le savant. Il lui avait donc rappelé qu'il était un grand navigateur, qu'il avait parcouru les neuf provinces de l'Empire de l'Aube, exploré les Territoires de l'Autre, et qu'il était l'un des rares à avoir posé le pied sur l'Île de Waq Waq[2]. Ce voyage n'était pas à sa mesure. Et puis, il s'était finalement laissé convaincre, le savant avait eu d'autres arguments plus sonnants et trébuchants. À présent, il était sur le pont d'une ridicule dahabeya – cette embarcation à fond plat était la seule à s'adapter aux eaux capricieuses du Nihl – et à côté de lui, Ben Sirin, ce « chasseur » spécialiste de la faune des rêves, faisait de grands gestes en tenant tout un discours sur le maître des créatures de la nuit.

Alors que cela faisait bien longtemps qu'Aboughtass laissait tranquilles la plupart des rêveurs !

— La chasse aux cauchemars est une œuvre essentielle, continuait l'énergumène, car où peuvent se cacher nos peurs les plus profondes si nous les empêchons d'apparaître dans nos nuits ? Dans son ouvrage, le grand Onirocrite Artémithot explique que…

Yaaqub ne l'écoutait plus et surveillait l'équipage accomplissant les manœuvres pour quitter le port d'Al-Ouqsour. La rive commença à s'éloigner et il se consola en se disant que même les grands navigateurs avaient besoin de renflouer leurs caisses. Cela lui permettrait peut-être de financer sa prochaine expédition pour le Pays de Sin, où l'attendaient des mines de jade et des beautés aux yeux d'encre… et de se faire oublier de toute une ribambelle de créanciers de Biskra. Il ne put réprimer un soupir, mais se redressa bien vite, prenant la posture assurée et fière qui caractérisait un capitaine de son envergure, même sur ce bateau ridicule muni d'une seule voile digne de ce nom à l'avant et d'une plus petite à l'arrière. Il arrêta d'un geste le savant qui allait repartir dans un nouveau discours, donna quelques ordres et s'enfuit dans sa cabine, poursuivi par la vision d'Aboughtass, le Djinn des Cauchemars, assis sur sa poitrine.

*

---

[2] Île (ou ensemble d'îles) légendaire évoquée dans les ouvrages de géographie et la littérature imaginaire arabe. Parfois située dans la mer de Chine, ou désignant Madagascar, Sumatra, ou l'Indonésie, elle est décrite dans certains récits comme un endroit plus merveilleux que réel.

— Voyons, capitaine, vous n'avez plus l'âge de trembler devant les cauchemars !

Ben Sirin levait son verre de vin de palme à la santé de la vision « extraordinaire » qu'il avait eue, qui avait présidé à cette expédition, et dont il venait encore une fois de faire le récit. La soirée ne faisait que commencer et Yaaqub Ibn Majid des Banu Hawqal voyait bien que le savant avait l'intention de fêter dignement leur départ pour le temple de Hilm. Le capitaine gardait contenance en piquant distraitement de son couteau les morceaux de viande dans le plat posé sur le tapis, entre les deux convives.

— Sachez que j'ai affronté maints dangers, répondit froidement Yaaqub, et vu des choses que l'imagination même se refuse à envisager, mais votre… vision dépasse ce qu'un croyant peut tolérer.

— Je ne vous crois pas si rigoureux en matière de religion, vous m'avez l'air d'être quelqu'un d'intelligent, je pense même que vous avez comme moi l'âme d'un grand rêveur ! Quel était votre dernier cauchemar ?

— Oh, je vous en prie ! s'exclama le capitaine. Je vous ai déjà dit que je ne fais plus de cauchemars. Comme la plupart des fidèles de la Vraie Foi, Davah nous a épargné les affres de la nuit, qu'il en soit mille fois remercié !

— Fadaises ! Davah, ni aucune autre divinité d'ailleurs, n'a jamais pu empêcher les hommes de voyager dans les replis de l'Outre-Monde ! Se contenter de l'Ici-Là, même avec la bénédiction de Davah, est un sacrilège fait à l'esprit humain.

— Vous n'arriverez pas à me choquer avec vos blasphèmes.

Le chasseur de cauchemars le regarda, goguenard, le verre une fois encore en l'air et l'œil pétillant.

— C'est que vous vous méprenez, capitaine, sur la vraie nature des rêves ! reprit-il d'un ton docte. Comme tout un chacun, vous croyez qu'être débarrassé des cauchemars est une bénédiction. Je ne nie pas que certaines nuits puissent receler des visions qui font froid dans le dos et que les êtres qu'on y rencontre prennent des apparences souvent… déconcertantes, mais réfléchissez… Croyez-vous réellement que les cauchemars soient inutiles ? Qu'ils ne sont que des ébullitions stériles ? Que des… effervescences recrachant les rebuts de la veille ?

Le capitaine ne mangeait plus. Les yeux perdus à travers la lucarne de sa cabine, dans les ombres des sycomores et des palmiers qui se découpaient sur un ciel de sang, il venait d'entreprendre un combat qu'il croyait avoir gagné depuis longtemps. Il serra les poings sur ses genoux.

— *Ils sont la tentation des démons et l'épreuve du croyant*, récita Yaaqub, loin dans ses pensées.

— Les rêves, et surtout les cauchemars, sont plutôt les brouillons de nos lendemains, répondit Ben Sirin. Les Anciens disaient même qu'un rêve non interprété est comme une lettre non ouverte.

— Ce pays, et ce fleuve, sont trop en contact avec les forces païennes… Je ne comprends pas qu'on laisse les cultes oubliés sévir encore ici.

— Il n'y a qu'*ici*, justement, que je peux trouver un Onirocrite[3] pour m'aider à comprendre ma vision…

Yaaqub avait été emporté par ses souvenirs et n'entendit pas la suite de l'argumentaire. Il sursauta quand son interlocuteur cria presque qu'Artémithot, décidément, était le plus grand interprète de tous les temps. Le capitaine s'extirpa tant bien que mal des limbes d'un vieux cauchemar. Il cligna des yeux, avisa à nouveau le petit homme au turban défait et au regard fiévreux, et décida qu'il en avait assez entendu pour la soirée. Tout en faisant honneur à la bonne éducation dont il se targuait, il congédia ce vieux fou qui savait si bien lui embrumer la cervelle et respira mieux quand il se retrouva seul dans sa cabine.

Mais il ne put se coucher.

Car, là, au creux de son lit, il imaginait la forme évanescente d'une créature qui existait autrefois dans ses nuits. L'une de ces Péris[4], tantôt fée tantôt démone, qui vous ensorcellent, vous emprisonnent et vous sucent l'âme.

*

La remontée du Nihl fut laborieuse, comme prévu. Ce Fleuve-À-Rebours méritait son surnom, ses eaux tourbillonnaient et prenaient des voies si imprévisibles que le flux semblait couler non pas de la source au delta, mais du delta à la source. Il y avait des tas de légendes sur l'origine de ce phénomène et de nombreux locaux soutenaient mordicus que le fleuve s'épuisait au fur

---

[3] Mage-interprète des songes.

[4] Génie féminin de la mythologie persane, souvent représentée ailée, caractérisée par une grande élégance et une beauté quasi divine.

et à mesure qu'on le remontait, qu'il « maigrissait » – les trois consonnes de la racine du mot « Nihl » ne signifiaient pas autre chose – jusqu'à venir expirer dans les sables du désert. Même si la dahabeya que Yaaqub Ibn Majid des Banu Hawqal avait affrétée s'adaptait avec une aisance relative à cette improbable navigation, il avait fallu accepter d'avancer au pas quand l'eau et l'air, de concert, s'étaient comme immobilisés. On approchait de la source sur laquelle s'élevait le temple de Hilm, le Nihl n'était plus qu'un cours d'eau apathique et il faudrait finir à pied. Le grand navigateur n'avait jamais aimé ce fleuve ni ce pays. Certes, le paysage était appréciable : la dentelle à peine visible des montagnes sur fond de sable, le déluge de végétation se jetant dans l'eau, et, çà et là, le fuchsia des bougainvilliers, mais ce spectacle ne lui faisait pas oublier ses nuits de nouveau agitées.

— Alors, bien dormi, capitaine ?

Yaaqub se détourna ostensiblement du savant qui arrivait. Il trouva à redire aux cordages des marins, donna quelques ordres et suivit du regard un héron blanc qui rayait le ciel. Cette longue navigation avait eu raison de ses bonnes manières, mais Ben Sirin n'était pas du genre à se vexer. Ce dernier continua à l'interroger sur son sommeil et ses rêves éventuels. Malgré les réponses évasives du capitaine, le sourire du savant s'élargissait :

— C'est bien ce que je pensais, dit-il, vos yeux fébriles, votre agitation et même votre gêne quand je vous entretiens de ces sujets… Vous êtes de nouveau pris dans les filets oniriques. Quel bonheur ! Une âme réceptive, ça peut toujours être utile.

Ben Sirin entama alors un nouvel exposé et recommençait à lui farcir la tête des prétendues vertus des songes quand une rumeur parcourut le pont. Entre les interstices des échoppes qui s'agglutinaient sur la rive, un ensemble d'édifices se dessinait au loin. Les marins chuchotaient, certains invoquaient Davah et Sa miséricorde, le chasseur de cauchemar exultait. Le capitaine se raccrocha aux marchands ambulants qui venaient déjà à l'assaut et ordonna :

— Préparez à l'accostage !

Vaillamment, ils affrontèrent les camelots à l'affût des voyageurs qui avaient le courage de venir jusque-là. Ils repoussèrent les hordes de gamins lancés à leurs trousses, refusèrent toute négociation commerciale, et réussirent à garder le cap : yeux fixés droit devant, tête inamovible et oreilles sourdes aux tentatives de séduction, aux formules accrocheuses et bientôt aux insultes.

Ce fut avec un petit goût de grande victoire que le capitaine et les quelques matelots escortant le chasseur de cauchemars virent le bout de leur calvaire. Devant eux s'élevait enfin l'enceinte du temple.

De grands mâts portaient des étendards aux étranges symboles, deux obélisques encadraient une entrée monumentale. Yaaqub avait beau être un fidèle de la Vraie Foi, il sentit des frissons mystiques courir sur son échine. Un marin présenta le rouleau scellé de leur requête, et, après une attente somme toute protocolaire, la pierre en forme de scarabée signifiant « acceptation » fut remise au savant. Ils pénétrèrent alors dans l'enceinte sacrée.

La cour intérieure devait bien faire dix mille pieds, mais elle paraissait minuscule à l'ombre du premier pylône où s'étalaient les bas-reliefs de victoires oubliées. La cour suivante était encore plus vaste, le second pylône plus majestueux. Les marins regardaient en l'air, la bouche ouverte, Ben Sirin avait les larmes aux yeux et les mains jointes devant sa poitrine, Yaaqub se sentait de plus en plus nerveux. Enfin, hébétés et couverts de sueur après cette marche sous un soleil de plomb, ils se trouvèrent devant la porte du sanctuaire. Elle était gardée, de chaque côté, par une sculpture de granit rose, une sorte d'animal barbare au corps de lion et à la tête de faucon.

— Des hiéracosphinx, dit le savant, admiratif.

Yaaqub eut du mal à déglutir devant le bec méprisant et les yeux sertis d'onyx gravés de kohl. Il passa près des pattes musculeuses en veillant à ne pas toucher les griffes.

Un prêtre surgit de nulle part, sauta sur lui et lui arracha son caftan. Il le déshabilla entièrement et lui jeta une tunique de coton blanc. Les autres furent traités à la même enseigne sans qu'aucun des visiteurs ait eu le temps de protester. On les mena, encore sous le choc et clignant des yeux pour s'habituer à la pénombre qui régnait tout à coup, à travers une salle hypostyle où les piliers formaient une forêt fantasmagorique aux troncs peinturlurés de motifs inconnus, aux chapiteaux s'ouvrant comme des lotus. Ils passèrent devant la porte en or massif qui occultait le naos, le Saint des Saints, là où le Nihl prenait naissance, là où l'on vénérait encore une déesse ou un dieu interdit. On les fit bifurquer et prendre un étroit corridor, puis descendre un escalier de marches irrégulières jusqu'à une pièce carrée dont les murs étaient entièrement recouverts de glyphes indéchiffrables.

— Nous sommes dans la chambre des parfums..., souffla Ben Sirin.

Yaaqub chercha les alambics dont on se servait dans sa province, les ballons de verre, un creuset... Mais la pièce ne ressemblait en rien à un laboratoire.

— Sur les murs...

La lumière des torchères faisait danser les serpents stylisés, les profils coiffés de couronnes et les silhouettes aux bras levés en signe de vénération.

— Sur les murs, regardez, les compositions secrètes des parfums des Anciens.

Le capitaine n'eut pas le temps de demander des explications, Ben Sirin avait déjà entamé une sorte de rituel. Il avisa tout au fond de la pièce un homme au crâne rasé vêtu d'un pagne plissé. Le savant posa les fruits et le vin qu'ils avaient apportés aux pieds d'Artémithot, le plus célèbre Onirocrite de Qasr Alayn. Il sollicita son aide en termes consacrés, fit sortir les marins, mais il retint le capitaine :

— Vous pouvez m'aider, je le sens. Vous avez été placé sur ma route pour une raison quelconque... et vous avez recommencé à rêver. Vous restez.

Et, sans que Yaaqub pût dire un mot, par une main invisible ou un mécanisme dissimulé, la porte s'était déjà refermée.

L'interprétation pouvait commencer.

Artémithot quitta sa posture hiératique et alluma un cône d'encens disposé dans un petit braséro devant lui. Il jeta ensuite une poudre sortie d'on ne savait où. L'encens grésilla et une fumée opaque emplit la pièce. Yaaqub ne voyait plus ni le savant, pour qui, tout à coup il s'inquiéta, ni l'Onirocrite qu'il aurait préféré garder à l'œil. La voix haut perchée, légèrement chevrotante et si banalement humaine, le rassura un peu.

— Qui ? Pour qui ? Et quoi ?

Apparemment, Ben Sirin avait compris de quoi il s'agissait puisqu'il répondit immédiatement, comme s'il attendait ces questions depuis longtemps :

— Un homme de dos qui refuse de se retourner, de s'arrêter. Puis c'est un rapace formidable aux trente couleurs. Le Simorgh. Il refuse de m'écouter, il va se réduire en poussière, toute vie va s'évanouir si je ne lui donne pas quelque chose. Et je me réveille, et Aboughtass pèse sur ma poitrine.

À mesure que le savant, quelque part dans la pièce, dévoilait son rêve, la fumée de l'encens s'épaississait, prenant une nouvelle densité à chaque parole échangée avec l'interprète.

— Pour qui ?

— Pas pour moi… Je sais rêver, balbutia Ben Sirin. Pour… pour ceux qui sont comme lui ! Ceux qui ne veulent plus y croire, mais qui pourraient encore accéder aux songes.

À travers les volutes, Yaaqub distingua le savant, agenouillé, qui le désignait du menton.

— Quoi ?

Le chasseur de cauchemars ne répondit pas tout de suite.

— Cherche, répétait l'Onirocrite. Cherche dans les plis du rêve.

Ben Sirin n'était plus qu'une ombre derrière la fumée, il se balançait d'avant en arrière.

L'interprète menait la transe en lui assénant des injonctions obscures et, d'un coup, il cria :

— Rêveur, prépare-toi à être qui tu deviens !

L'Ici-Là disparut. Tout fut balayé, l'Onirocrite, le savant, la pièce gravée de glyphes, Yaaqub lui-même, tout bascula dans les marges du monde. Ce que vit le voyageur pourtant habitué aux créatures étranges des pays lointains, à l'éléphant, à l'Oiseau Roc[5] et autre licorne Shâhdavâr[6], ne pouvait appartenir qu'à l'enfer. La fumée jusque-là épaisse et blanche devint encre noire, poisseuse. L'air se transforma en une masse à demi solide qui dégoulinait et tombait par paquets sur le sol. Le temple n'était plus qu'un lieu morbide qui se désagrégeait lourdement, par flop, en tas de boue. De ce cloaque de désespérance, une entité prodigieuse émergea, une masse composée de fumées s'enroulait et tourbillonnait, dessinait un corps flou, deux bras vaguement humains, des mains aux griffes plus longues que des cimeterres et une gueule monstrueuse qui changeait de forme constamment, tantôt chevaline, tantôt celle d'un crocodile claquant des dents, comme si la créature cherchait dans l'âme du rêveur les images de sa peur.

Deux gouffres et le malheur du monde à la place des yeux.

Yaaqub s'écroula, ses mains à la gorge. Seule la terreur existait et prendrait toute la place, pour toujours. L'air ne parvenait plus à entrer par sa bouche, sa poitrine pliait sous un poids qui ferait

---

[5] Ou oiseau Rokh : oiseau fabuleux, de taille gigantesque, présent dans les contes d'origines indienne, persane et arabe.

[6] Licorne gracieuse et mélancolique de la mythologie persane.

éclater ses côtes et son corps tout entier ! Un espoir fou l'envahit, il allait mourir ! Oh, oui ! Il allait mourir, et ce serait une délivrance. Brusquement, il fut tiré de son supplice par une main pressante :

— Vite, capitaine, il nous faut votre Ingrédient.

Un vieil homme affublé d'un turban défait le secouait. Derrière lui, un prêtre au crâne rasé l'enfumait d'encens en psalmodiant des formules.

— Je vous ai sous-estimé, capitaine ! Vous êtes l'archétype de ceux qui refusent de voir, mais vous êtes encore très perméable à l'Outre-Monde. Vous êtes décidément un grand rêveur. Vous pouvez devenir le Simorgh de mon cauchemar, il nous faut votre Ingrédient.

Yaaqub arriva à s'asseoir, il s'accrocha à cette main qui le secouait et à ces phrases qui devaient avoir un sens... Son « Ingrédient » ? De quoi parlait ce vieux fou ?

— L'Ingrédient est en vous, dit le savant.

— L'Ingrédient révèle le rêveur, ajouta l'Onirocrite entre deux litanies.

Il reconnaissait Ben Sirin, à présent, et se rappelait les événements qui s'assemblaient en une trame sans queue ni tête, en une trame tout de même.

— Mais ce rêve ne m'appartient pas ! se surprit à dire le capitaine.

— Ce rêve est vision, répondit Ben Sirin, et vous êtes celui dont j'ai besoin pour accomplir ma mission. La matière des songes est issue de nos émotions les plus enfouies, vous avez beaucoup à nous offrir. De quoi avez-vous peur ? Quel est votre dernier cauchemar ?

Il essaya de se rappeler, cela faisait longtemps qu'il ne rêvait plus vraiment, Davah soit loué ! Enfin, c'est ce qu'il se racontait. Car il n'eut aucun mal à convoquer les images qui, insidieusement, avaient recommencé à le hanter. Depuis plusieurs nuits, depuis cette remontée de ce maudit Nihl, il était envahi par le trouble d'une Péri l'enlaçant, l'envoûtant, et l'empêchant de se lever... Il ne pourrait plus alors voyager. Puis la Péri de ses rêves se transformait en Ghoula[7], hideuse et écumante, qui allait lui dévorer le cœur.

---

[7] Goule ou ogresse du folklore arabe, créature monstrueuse qui peut se métamorphoser. Elle appartient à une classe de génies (ou djinns).

— Oui, capitaine ! Vous tremblez. Allez plus loin dans votre conscience, cherchez l'Ingrédient ! J'ai besoin des remous de votre âme.

— Il faut remonter le cours de sa peur, dit le prêtre en face du monstre qui touchait le plafond.

Le chasseur de cauchemars s'était placé derrière le capitaine et lui tenait les épaules. Ses doigts s'enfonçaient presque dans sa chair, ses paroles l'acculaient :

— Par pitié ! Laissez-vous aller ou nous allons tous y passer ! cria-t-il.

Le capitaine, horrifié, vit le Djinn des Cauchemars prendre tout l'espace de la pièce, sa gueule simiesque à présent, la face écrasée, sans nez, avec deux orifices à la place des narines. Le capitaine ne voyait plus l'Onirocrite, il chancela quand il distingua un corps chétif qui pulsait à l'intérieur du monstre ! Aboughtass avait pris possession d'Artémithot. Ils seraient les prochains ! Alors le capitaine Yaaqub Ibn Majid des Banu Hawqal préféra les bras enjôleurs de la Péri, la bouche dévorante de la Ghoula, et se vautra dans sa peur des femmes et de ce qui, un jour, pourrait l'empêcher d'être totalement libre. Il ferma les yeux.

C'est là qu'il perçut des présences dans son dos. Même s'il avait vu le Djinn des Cauchemars envahir toute la pièce et ne laisser la place qu'à l'horreur, Yaaqub était persuadé que des… êtres… arrivaient. Des dizaines de créatures venues des franges de la conscience accouraient. Aboughtass avait libéré tout ce que l'Outre-Monde comptait de monstres et de démons ! Il sentait le souffle du Div[8] velu et noir de son enfance, l'haleine des démones qui hantaient sa couche d'adolescent, l'odeur putride des Nisnas[9], ces demi-corps et demi-cœurs, fruit du commerce illicite des hommes et des djinniyyas, et ce n'étaient que ses démons intérieurs, ceux qu'il pouvait identifier, mais il discernait sans pouvoir l'expliquer les êtres de la nuit qui s'amassaient, l'assaut de toutes les créatures qui avaient été bannies des songes des croyants et qui comptaient bien prendre leur revanche.

Il n'avait plus rien à craindre, tout – son monde, celui des autres peut-être, l'Ici-Là et l'Outre-Monde ?! – disparaîtrait bientôt

---

[8] Esprit maléfique de la mythologie persane.

[9] Créatures qui sont « un peu plus que des rêves » d'après Flaubert, et qui n'ont qu'un œil, qu'une joue, qu'une main, qu'une jambe, qu'une moitié de corps, qu'une moitié de corps.

dans la poisse des ténèbres qu'il avait entrevues. Aboughtass et ses démons les posséderaient tous.

Alors, comme un enfant, le capitaine pleura.

À gros sanglots, il fit sortir ses terreurs nocturnes, fut submergé par ce qu'il avait mis à distance toutes ces années, et fut assailli par ses fragilités, ses doutes et tout ce que les lendemains pouvaient nous réserver. Il pleurait et il devinait les monstres à ses trousses : la manticore[10], cette mangeuse d'hommes au corps de félin et à la queue de scorpion, un cobra géant qui lui susurrait des désirs inavouables et les deux hiéracosphinx dont le cri vrillait ses oreilles. Mais il eut beau s'y préparer, aucun d'eux ne l'attaqua. On aurait dit que les démons l'accompagnaient… le soutenaient ?

Une main jaillit et lui griffa la joue. Yaaqub cria, se tint le visage. C'était le savant qui brandit une fiole avec ce qu'il avait arraché au capitaine, une larme.

— Ton Ingrédient, enfin…, dit Ben Sirin.

Ce dernier fit un signe que le capitaine ne comprit pas avant de continuer :

— Le Simorgh[11] est notre être profond. Il ne peut se révéler que dans l'expérience de la fragilité.

Le capitaine fronçait les sourcils, essayait de comprendre le charabia du chasseur de cauchemars qui désignait un bocal recouvert de bandelettes dans un coin. Des plantes macéraient dans de l'huile. Yaaqub bondit à travers les fumées tourbillonnantes qui émanaient d'Aboughtass, se risqua à bousculer les créatures invisibles qu'il percevait encore partout dans la pièce, et s'empara du récipient qu'il apporta au savant. Celui-ci racla la graisse des bandelettes avec ses ongles, laissant échapper un parfum d'ambre et d'absinthe, puis il déposa un peu de la matière odorante dans la fiole en l'inclinant pour que la larme se mêle au parfum solide. Aboughtass tourna sa gueule, rétrécie, mais non moins terrifiante, vers le capitaine qui se mit à grincer des dents. Ben Sirin s'approchait dangereusement du djinn et levait la fiole au-dessus de sa tête.

Yaaqub n'en crut pas ses yeux… Derrière la paroi de verre, la larme… se transforma en une perle. En pure beauté.

[10] Créature anthropophage de la mythologie persane.

[11] Oiseau fabuleux qui peut s'apparenter à l'Oiseau Roc ou au phénix qui renaît de ses cendres. Selon certains mystiques, il préside au voyage spirituel et représente le miroir de l'âme.

— J'invoque la protection de la Divine..., lança le savant à la face du monstre.

Le capitaine se rattrapa à la représentation sur le mur du fond : une déesse coiffée d'un trône et déployant des ailes de vautour au-dessus d'une foule de personnages plus petits allongés dans la posture des morts...

— Perséphone, Séléné, Hathor, Maryam... et toutes les déesses ne sont que tes autres noms, ô Isis !

... ou dans la posture de rêveurs.

— J'invoque Isis, celle qui protège nos nuits... qui libère nos ombres...

Ben Sirin était tout près de la gueule monstrueuse et le Djinn des Cauchemars reniflait la fiole.

— Ô Isis, la Divine, ressuscite notre lumière, le pouvoir créateur de nos rêves !

Yaaqub n'aurait pas dû fermer les yeux. Son esprit fut assailli par la Ghoula qui tendit ses bras et lui arracha le cœur. Ses griffes entaillaient l'organe, ouvraient son âme, mais le capitaine réussit à se défaire de cette vision de cauchemar, il arriva à ouvrir les yeux et devina ce qui se passait autour de lui. Aboughtass s'était réduit à la taille d'un homme et se tenait assis sur la poitrine de Ben Sirin. Ce dernier gisait au sol, la tête renversée, les bras qui appelaient faiblement à l'aide. Tandis qu'il étouffait le savant, le Djinn – et à l'intérieur l'Onirocrite – serrait avec avidité la bouteille et la perle contre son cœur. Les volutes d'encens striaient horizontalement la scène. Des abysses se braquèrent sur lui. Une voix d'Outre-Monde résonna :

— Acceptes-tu la peur ?

Les accents suraigus du prêtre doublaient les phrases prononcées par Aboughtass.

— Acceptes-tu de rêver, d'explorer ?

Le capitaine tomba à genoux. Derrière ses paupières surgit à nouveau la Ghoula tenant son cœur ensanglanté et palpitant. Mimant dans son désespoir les gestes du chasseur de cauchemars, Yaaqub supplia :

— J'invoque Isis, celle qui protège nos nuits... qui libère nos ombres...

Les mains jointes au-dessus de sa tête, il se remit à pleurer. Derrière ses yeux fermés, la Ghoula déjà l'enlaçait.

— Ô Isis, la Divine, ressuscite notre lumière, le pouvoir créateur de nos rêves !

Et la Ghoula ne le dévora pas, ne l'emprisonna pas, elle le prit dans ses bras et… le rassura. Comme une mère berçant son enfant, elle lui chuchota d'avoir confiance et de traverser sa peur. Au-delà était la vraie liberté. Le poids sur sa poitrine s'allégea. Son univers intérieur imprima un changement, une réorganisation subtile et nécessaire qui faisait affleurer au cœur des abysses… un peu de lumière. Il allait mieux – il osait à peine se l'avouer – depuis les larmes versées, depuis sa rencontre avec l'ombre. Il ne percevait plus le cortège des monstres derrière lui. Ou plutôt, avait conscience de leur présence à leur juste place, dans le secret de son âme.

Ils étaient simplement les guides de l'envers.

Quand le capitaine descella ses paupières, il trouva Aboughtass debout au milieu de la pièce, apparaissant, disparaissant, telle une vision intermittente, moins tangible. Libérée, la silhouette de l'Onirocrite titubait, le chasseur de cauchemars tentait de se relever, et tout s'effaça dans un éblouissement.

Seul bruissait le silence.

*

Quand Yaaqub Ibn Majid des Banu Hawqal perçut de nouveau les contours de l'Ici-Là, il était sur sa couche, dans sa cabine. Non, ce n'était pas possible ! Il se jeta en bas du lit, grimpa jusqu'au pont supérieur de la dahabeya et fut démesurément heureux de rejoindre l'homme au turban défait accoudé au bastingage. Le temple de Hilm s'éloignait et ressemblait à un décor d'enluminure rougeoyant dans le crépuscule.

— Ne me dites pas que tout ça n'était qu'un rêve ? Ça ne peut être un simple rêve !

Le savant avait retrouvé son sourire goguenard :

— Un simple rêve ?

Mais une lueur dans ses yeux vacillait davantage.

— Les rêves ne sont jamais simples, capitaine, ni anodins.

— Et Aboughtass ? Et toutes ces… créatures ?

Ben Sirin répondit en glissant un objet dans la main du capitaine, puis ajouta :

— Ah, les mystères d'Isis… Et l'expérience d'un chasseur de cauchemars rodé à dialoguer avec l'Outre-Monde ! Bon, je ne dis pas qu'Artémithot, une fois libéré, n'a pas contribué à l'apaisement d'Aboughtass… C'est que les Djinns sont susceptibles !

Cela faisait bien longtemps qu'on ne lui avait fait une offrande ! Et une offrande puissante, puisqu'intime. Il va pouvoir arrêter de bouder nos nuits…

Le capitaine se grattait la tête et cherchait une quelconque explication dans les rives du Nihl. Des buissons de basilic et d'hibiscus défilaient, des enfants pataugeaient dans les papyrus. D'après l'allure du bateau, le Fleuve-À-Rebours avait décidé de suivre un cours… normal. Il était rare que Yaaqub fût si impatient de retrouver son port de Biskra, même le Pays de Sin et ses merveilles ne l'attiraient plus tant que ça.

— Vous n'avez pas perdu votre temps en tout cas, reprit le savant, la cale est pleine de caisses de parfums : le grand Onirocrite voulait vous remercier d'avoir donné – comment dire ? – de votre personne. Vous êtes un sacré rêveur, capitaine ! Le hasard fait bien les choses – si le hasard existe –, j'aurais pu être accompagné de quelqu'un de moins sensible à l'Outre-Monde… Enfin, grâce à vous, Aboughtass accepte de nouveau de lâcher largement les êtres de la nuit, les guides de nos explorations intérieures. Vous savez, ces créatures sont des créatrices, en somme. Elles créent les représentations monstrueuses de ce que nous pouvons faire de nos lendemains. Que de merveilleux cauchemars en perspective !

Se frottant les mains, il ajouta :

— Bonne nuit, capitaine !

Yaaqub laissa Ben Sirin[12] regagner sa cabine et examina ce qu'il lui avait donné, une petite fiole, vide. Il sut qu'il aurait du mal à dormir ce soir.

Il se demanda, avec une certaine curiosité, quelle nouvelle créature viendrait le visiter.

---

[12] Personnage inspiré de Abû Bakr Muhammad Ibn Sîrîn, spécialiste arabe de l'interprétation des rêves au VIIᵉ siècle.

Tous les genres de l'imaginaire
se donnent rendez-vous dans...

SOLARIS

Des fictions de...
Flavie BÉLANGER
Bastien CHAMPOUGNY
Marie LABROUSSE
Michèle LAFRAMBOISE
Yves MEYNARD
Alexander ZELENYJ

MANIFESTE DU MULTIVERSALISME
Les Carnets du Futurible
Le DALIAF présente...

L'ANTHOLOGIE PERMANENTE DES LITTÉRATURES DE L'IMAGINAIRE    236

Abonnez-vous !
www.revue-solaris.com

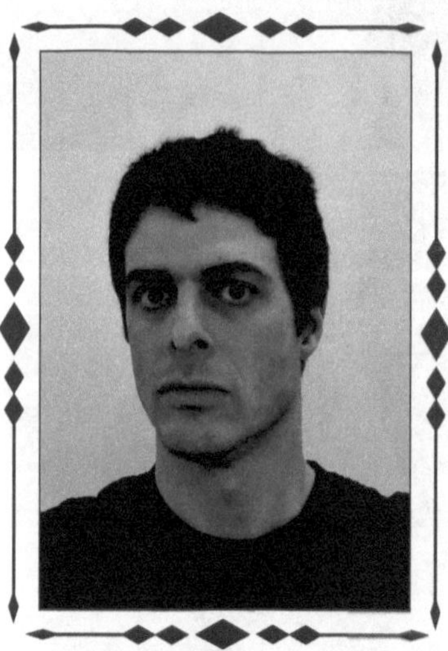

Titulaire d'une maîtrise en création littéraire à l'Université du Québec à Montréal, **Damien Blass** a créé plusieurs projets radiophoniques et poétiques, des chansons, des sketches humoristiques ainsi que des pièces de théâtre et des comédies musicales. Son premier roman, *L'enlèvement*, est paru en 2019 dans la collection Satellite des éditions Triptyque.

**Mathieu Villeneuve** a complété une maîtrise en création littéraire à l'Université du Québec à Montréal. Son premier roman, *Borealium tremens* (La Peuplade, 2017), le récit d'un écrivain qui hérite d'une maison fantôme au lac Saint-Jean, a reçu plusieurs distinctions.

Ensemble, ils ont déjà publié deux nouvelles : « Attik », dans le numéro 43 de *Brins d'éternité*, et « Le chalet du vieux », dans le numéro 45 de *La femelle du requin*.

# REMOTE

## Damien Blass et Mathieu Villeneuve

Hunter S. Burroughs se réveilla caché sous un buisson. Ses cheveux étaient remplis de paillis. Sa gorge était sèche, acide, et le bout de ses doigts vibrait, douloureusement engourdi.

En proie à la panique, il fit l'inventaire de ce qui lui restait dans ses poches : son portefeuille était là, avec son téléphone et ses clés, mais plus de kushian... Le sachet était vide. Hunter y trempa un doigt avant de le porter à sa bouche. Les derniers résidus de poudre avaient un goût d'aspirine crémeux.

Les effets du sevrage commençaient à se faire sentir. Le sol contre ses fesses, malgré le paillis, se durcissait sous l'action d'une force rigide, primitive. Dans ses veines coulait un sang en train de se pixéliser, aux arêtes coupantes.

Écartant le feuillage, il jeta un coup d'œil hors de son abri. Une large avenue bordée de gratte-ciels s'enfonçait au cœur de la cité solaire. Sur les immeubles miroitaient les surfaces photovoltaïques, leurs parois comme autant de cellules qui changeaient sans cesse de disposition. Nichés en hauteur apparaissaient puis disparaissaient des balcons reliés furtivement par des passerelles. Des hallucinations causées par le manque.

Au ras du sol s'éparpillaient des piétons aux mouvements saccadés, pressés de traverser d'un point d'ombre à un autre. Hunter retrouvait peu à peu ses repères, identifiant le parc où il avait passé la nuit. Il avait dû chercher un endroit confortable, organique où s'étendre après avoir quitté l'after.

Il vérifia l'heure sur son téléphone et constata qu'il était déjà onze heures. L'écran affichait quatorze notifications non lues, dont quatre messages de Leslie, un avertissement de sa compagnie de carte de crédit et une invitation de sa mère. Elle voulait savoir s'il serait présent à la maison pour son anniversaire. « Ton père dit de venir sobre. »

Il rangea son téléphone dans sa poche de jean et redressa la nuque. Face à lui, au centre du terre-plein, un panneau rond indiquait un arrêt de l'autobus 55. Celui qui s'engouffrait dans la périphérie de la ville, jusqu'au Bazar. Jaggermoon commençait sa tournée à midi. Si Hunter embarquait dans le prochain bus, il pourrait rejoindre le dealer avant qu'il change de quartier. Leslie travaillait jusqu'à seize heures. C'était faisable d'arriver à temps pour préparer le repas du soir.

Les passants ressemblaient par moments à des silhouettes polygoniques, et bientôt, la fraîcheur du parc ne pourrait plus atténuer son sevrage. Son refuge était temporaire, il devait sortir de l'ombre rassurante du buisson, affronter l'écrasante, humiliante lumière du jour. Le bus s'approchait justement de l'arrêt. Brusquement, Hunter s'extirpa de sa cachette et courut en direction du terre-plein.

Il monta à bord en présentant sa carte d'abonné. Sans cesser de fixer ses pieds, il se rendit à l'arrière pour s'assoir près d'une fenêtre et reprendre son souffle. Avec un pan de sa camisole sale, il essuya son front poisseux de sueur. Cherchant une manière de ne pas regarder les gens dans les yeux, il se concentra sur les publicités qui garnissaient l'habitacle, mais les lettres devenaient des blocs d'encre se superposant aux affiches, comme des hologrammes désormais en trois dimensions. Les messages de propagande et les visages des mannequins se repoussaient les uns les autres tels des aimants. *Relaxe, Hunter, contrôle ton cerveau.*

Au prix d'un effort, il parvint à se donner l'impression d'avoir l'air à peu près normal, même si ses mâchoires se serraient et que ses doigts continuaient de lui faire mal. L'autobus avançait avec peine à cause des travaux. Il jeta un coup d'œil par la fenêtre. Un gars dans la vingtaine, presque un adolescent, était affalé de tout son long *dans* le trottoir. Couché les bras en croix, le visage en hébétude, il était en train de s'enfoncer. Déjà, le bas de son corps, jusqu'aux hanches, gisait à l'intérieur du ciment. Il ressemblait à un baigneur se laissant flotter sur l'eau. Les piétons le contournaient sans se soucier de son état.

Hunter savait que d'ici quelques minutes, son visage serait entièrement recouvert. Encore une hallucination. Pourtant, le gars risquait bel et bien de mourir si personne ne se penchait pour le sortir de là.

C'était l'un des effets les plus planants du kushian, lorsque tout matériau devenait à ce point mou que l'on pouvait y pénétrer, que l'on ne faisait plus la différence entre son corps et le reste. Au début, avec Leslie, ils réussissaient à faire disparaître la moitié d'eux-mêmes dans un mur ou un plancher. Mais sans une personne de confiance, on risquait de rester coincé.

Une fois, après une dose héroïque, Leslie et lui étaient parvenus à devenir deux liquides qui se mélangeaient. C'était meilleur que le sexe. Un orgasme physique, mental, spirituel. Or, cet effet de liquéfaction tant recherché diminuait avec l'accoutumance, et il fallait des doses de plus en plus fortes pour ressentir une sensation à peine moelleuse. D'ailleurs, tout avait commencé à dégénérer à partir de là, quand le mirage avait disparu, quand ils s'étaient rendu compte qu'ils étaient deux personnes distinctes, si différentes, incapables à jamais de retourner dans cet état de grâce. Tout leur semblait dorénavant dysfonctionnel, obtus. La cassure était inévitable.

Lorsque Leslie était tombée enceinte, ils avaient promis d'arrêter ensemble de prendre du kushian. Leslie avait tenu parole. Pas lui. Pas plus qu'une semaine, en tout cas. Hier même, elle l'avait menacé de se faire avorter s'il n'entrait pas en thérapie fermée.

Il devait le reconnaître : un environnement pareil ne convenait pas à un enfant. Il voulait croire être en mesure de devenir un père respectable, mais en vérité, il savait qu'il allait toujours rechuter. Comme si c'était inscrit dans un avenir immuable, sur lequel il n'avait aucun pouvoir.

Après l'ultimatum lancé par Leslie, sous le choc, ou pour oublier sa honte, il était passé directement voir Jaggermoon à l'after ; vague souvenir de ce déluge de corps souples, soyeux, étouffants, dont il avait voulu se séparer par peur d'être avalé, de voir ses molécules se dissocier les unes des autres, comme s'il allait se dématérialiser, abandonner le monde rigide pour entrer dans un flux de consciences éternel. La sensation d'un baiser lui revint comme un effluve : avant de quitter l'after, il avait embrassé quelqu'un. Jaggermoon. Il respirait encore son haleine, goûtait sa salive. Leurs lèvres, leur langue en train de s'entortiller.

Son téléphone émit un timbre sonore. C'était Leslie. Elle lui avait écrit un long message. Les doigts gourds, il fit défiler le paragraphe.

*Hunter, j'ai compris que je pouvais plus te faire confiance. Notre relation s'en va nulle part. Je suis désolée, mais j'ai décidé que c'était fini toi et moi. Tu dois te dire que je vais changer d'idée, revenir sur ma décision, mais tu te trompes. La preuve : je viens de prendre rendez-vous à la clinique. Tu seras jamais père. C'est pas une décision facile à prendre, mais tu comprendras que je veuille passer à autre chose : c'est la troisième fois que je paye ta part du loyer, t'as toujours pas trouvé une nouvelle job, je suis tannée de prendre toute la charge mentale, de te voir écrasé dans le sofa, à regarder dans le vide ! T'as jusqu'à ce soir pour venir ramasser tes affaires. Après je les jette sur le trottoir.*

Hunter relut les mots de Leslie plusieurs fois, cherchant à ravaler ce prisme qu'il avait dans la gorge. Autour de lui, les autres passagers prenaient des reliefs de plus en plus anguleux. Il avait l'impression que ses organes devenaient cubiques, que son cœur, son foie et ses poumons se changeaient en des compartiments rectilignes comprimés les uns contre les autres.

Il regarda à nouveau ses mains. Ses doigts étaient désormais des blocs de chair aux ongles rectangulaires. D'après la science, plus une planète est grosse, plus sa gravité est intense, et il se trouvait en ce moment sur un astre dix fois plus gros que la Terre. Chaque chose solide imprimait une pression insupportable à l'espace, à son corps, comme si chacun des éléments, pour exister, devait écraser le reste dans un ultime effort d'expansion.

Il lui fallait absolument une autre dose de kushian pour ramollir à nouveau l'environnement, calmer son anxiété, lui faire oublier la merde dans laquelle il s'était embourbé.

— Ça va bien ? demanda une voix.

Hunter se tourna vers la personne qui avait prononcé ces paroles, un homme aux traits asiatiques assis sur le banc d'en face. Il portait une chemise blanche à manches courtes impeccable, dont les pans étaient soigneusement entrés dans ses pantalons de ville noirs.

— Ça va bien ? répéta-t-il.

— C'est pas ma meilleure journée.

— On vit tous des moments difficiles. Vous allez en basse-ville ?

— Oui, je dois faire une commission. Chez un ami.

— On a tous besoin d'un ami.

Hunter commençait à le trouver irritant. Mais fixer ce visage ovale, aux traits souples, à peine affectés par l'atmosphère compressée, le calmait.

— Parfois, même, on a besoin d'un *nouvel* ami, ajouta l'inconnu en se levant pour s'assoir à côté de lui.

— Qu'est-ce que vous me voulez ?

— Calmez-vous, je ne vends rien.

L'Asiatique saisit la main droite de Hunter et appliqua une pression subtile, réconfortante sur la masse de muscles qui unissait son pouce et son index.

— C'est une technique ancestrale. La meilleure manière de vous calmer sans médicaments. Croyez-moi.

Un flux de détente remonta dans l'avant-bras de Hunter et envahit sa poitrine.

— Mon nom est Tim. Je voulais seulement m'assurer que vous étiez correct. Vous aviez l'air tellement tendu...

— De toute façon, tout est foutu.

— Pourtant rien n'est déterminé à l'avance. On peut toujours changer quelque chose à notre destin. S'agit de rencontrer la bonne personne... Imaginez que vous ayez le pouvoir de modifier ce que vous êtes devenu. Vous vous éviteriez peut-être bien des ennuis.

Hunter se sentait déjà mieux. À force de parler, son esprit s'apaisait, les choses reprenaient leurs contours normaux. Il craignait que Tim appartienne à une Église, mais jamais ils n'abordèrent le sujet de Dieu, ni du Diable.

L'autobus s'engouffra dans un tunnel, puis déboucha au sommet des pentes des faubourgs.

— Autrefois, j'ai cru que ma vie était ce qu'elle était, et que je ne pourrais rien y changer. Ce que je ne savais pas, c'est qu'il existe une solution.

Tim se redressa. C'était son arrêt.

— Si vous avez besoin de nous, passez nous voir.

— *Nous* ?

Tim lui tendit une carte, où apparaissait un symbole composé de trois triangles isocèles réunis en un seul, avec l'entête « LE SANCTUAIRE », puis il sortit du bus. Hunter essaya de le suivre des yeux, mais le perdit dans la foule.

L'autobus passa sous le périphérique, frontière de la basse-ville, et descendit une côte abrupte. Les immeubles de briques rouges ou brunes se succédaient dans les rues étroites. De petits groupes de gens s'agglutinaient aux entrées des ruelles, qui se perdaient en dédales enfumés de déchets et de faune humaine.

Le bus parvint au terminus et Hunter sortit en même temps que les derniers passagers. Les miasmes de soufre et de matières fécales montaient des égouts vétustes. Hunter zigzagua pour éviter une flaque d'urine et se mêla à la foule, pour la plupart des adultes accros au kush : il était ici parmi les siens — même s'il existait de faux accros, de faux dealers rôdant à la recherche d'un junkie à escroquer ou à tabasser dans un cul-de-sac.

Il marcha une dizaine de minutes, sans cesser de surveiller ses arrières. Il savait qu'en réaction à la prétendue épidémie de kushian, des factions d'extrémistes s'organisaient pour punir ce qu'ils appelaient les déchets de la société. Leur idéologie s'appuyait sur une théorie du complot, selon laquelle le kush transformait ses utilisateurs en êtres léthargiques, en dégénérés, en sodomites.

Les éléments les plus fanatiques allaient même jusqu'à affirmer que l'inventeur du kushian, biochimiste trans du nom de Jil Blanche, l'avait inventé dans l'intention de rendre tout le monde queer. Une partie de ces rumeurs était fondée. La pansexualité était dominante parmi les kushers. Ironiquement, Hunter connaissait quelques-uns de ces extrémistes qui avaient abandonné leur chasse aux sorcières après leur première dose et qui traînaient dorénavant dans les afters.

On disait aussi que le ministère de la Santé avait élaboré une substance pour permettre aux kushers de redevenir sobres et donc productifs : le remote, un médicament utilisé dans le cadre strict des thérapies de désintoxication subventionnées par l'État. On allait même jusqu'à affirmer que c'était le même biochimiste trans qui, sous la pression des autorités, avait créé la nouvelle drogue.

Hunter en avait souvent entendu parler dans les afters. Certains disaient que quand on prenait du remote, on pouvait « retourner dans le passé », enrayer la dépendance avant qu'elle apparaisse. Il n'avait jamais cru à ces foutaises. Cela sonnait trop ésotérique à son goût. Entretemps, les rumeurs circulaient. Des kushers disparaissaient de la carte. Apparemment, ceux qui essayaient la nouvelle drogue, on ne les revoyait pas.

Il bifurqua dans une ruelle et passa devant un stand de casse-croûte, d'où s'échappaient des vapeurs de riz. Suspendues au-dessus de lui, des plantes grimpantes et des jardinières achevaient de se flétrir. Entre les bâtiments étaient tendus des draps et des bâches en plastique pour masquer le soleil.

Devant l'escalier qui descendait vers le Bazar, il repéra le boun-cer, qui le salua d'un signe de tête. Hunter lui donna le mot de passe et descendit les marches qui s'engouffraient dans les entrailles du sous-sol, où résonnait un vacarme électronique.

Il déboucha dans une grande salle au plafond bas, éclairée par des lampes rouge sang, et dont l'atmosphère humide empestait le vinaigre. Un petit groupe de danseurs frénétiques s'agitait sous la boule de miroirs. Il repéra une fille, le visage plaqué contre un mur, absorbée dans un mirage chimique qu'il ne parvenait plus à percevoir. Il suivit le bar et poussa une porte qui aurait dû mener aux toilettes.

Un couloir étroit continuait de s'enfoncer à travers le Bazar. De chaque côté, des étals surchargés de babioles surplombaient les corps affaissés de junkies en transe. Il croisa un couple uni dans la position du missionnaire, flanqué d'un voyeur qui se masturbait, les yeux vitreux, le pénis en demi-érection. Sous l'éclairage des black lights, son t-shirt noir luisait de pellicules qui recouvraient ses épaules comme de la poussière de lune.

— Je cherche Jaggermoon, dit Hunter.

Le voyeur se retourna, lui lança un regard vide, avant de continuer à se masturber sans conviction. Si Jaggermoon n'était pas en poste ici, ni sur la piste de danse, il devait se trouver dans son bureau. Hunter enjamba d'autres corps, puis rejoignit la cage d'un second escalier.

Un homme, agenouillé sur le palier, gémissait en cherchant quelque chose à tâtons. De sa bouche pendaient des filets de sang et de bave.

— Hey ! dit-il d'une voix pâteuse. As-tu vu mes dents ?

Son visage était défiguré, enflé et tailladé par les coups. Plusieurs de ses dents manquaient ou pendaient, déchaussées, au bout de ses gencives. Probablement un autre accro qui n'avait pas réussi à payer Jaggermoon. En même temps, ça pourrait être une victime des extrémistes, ce qui voudrait alors dire qu'ils étaient entrés dans le Bazar, malgré la présence du bouncer.

Au seuil du deuxième sous-sol se trouvait un commerce encore en activité. Une échoppe de flip phones réusinés et de cartes SIM, tenue par un vieux blaireau, la main à proximité du foudroyeur qu'il gardait sous le comptoir. Ils s'adressèrent un bref signe de tête.

Jaggermoon avait installé ses quartiers dans une ancienne boutique où on vendait autrefois des accessoires pour fumeurs, des dagues médiévales et des t-shirts arborant les noms et les logos de groupes de rock depuis longtemps oubliés. Hunter s'attendait à le voir assis sur un pouf en maroquin, torse nu sous un de ses vestons à épaulettes féminins, avec ses pantalons bouffants à rayures, mais la porte était verrouillée. Il cogna sur le battant, mais seul le silence lui répondit.

*Ce con doit être en train de se taper une de ses clientes*, ragea Hunter, nuque tendue, poings serrés, mâchoires crispées. Au creux de ses pensées, l'univers ressemblait à une gigantesque boîte noire où s'entassaient pêlemêle des milliards d'autres coffres, grands ou minuscules, tous fermés à clé, isolés, compacts. Les effets du manque n'étaient plus physiques, mais mentaux. Il entrevoyait l'imminence de la compression ultime.

Seulement, le corps d'un drogué est programmé pour foncer vers la source du manque, qui en est aussi la solution. Une fois sorti du Bazar, Hunter, loin de se décourager, élabora un plan : celui de rentrer chez lui à pied en passant par le Red Light. En faisant confiance aux lois de l'attraction, il finirait bien par trouver un autre dealer ou quelqu'un qui pourrait, par chance, le dépanner.

Les bordels se succédaient, chacun destiné à une clientèle distincte : pan, queer, trans, hétéro, méta. Une bande d'ados en vestes de cuir et bottes de chantier, arborant des tatouages nationalistes sur les mains et les tempes, échangeait des insultes avec des prostitués. Personne, pour l'instant, n'avait l'air d'un kusher.

À l'intersection suivante, Hunter parvint à une impasse. Au bout de la rue s'élevait un bâtiment étrange. Une pyramide à base triangulaire, dont le sommet dépassait les autres toits. Un tétraèdre. La forme la plus solide dans l'espace. Il se rappelait être passé souvent dans le secteur, sans jamais avoir remarqué cet édifice. Sa surface ressemblait à de l'inox, poli et noir, parfaitement lisse à l'exception des mots « LE SANCTUAIRE » embossés discrètement dans la matière.

Une porte coulissa dans la façade inclinée, laissant sortir une dizaine d'hommes. Trois d'entre eux portaient les mêmes vêtements que Tim : chemise blanche immaculée et pantalons de ville. Leur visage était rasé de près et leurs cheveux, fraîchement coiffés.

Le reste du groupe avait à peu près son âge. Tout comme lui, ils étaient usés par la vie. Il crut reconnaître un kusher. Placé en retrait, ce dernier tirait nerveusement sur sa cigarette, attentif à ce que les chemises blanches racontaient, tout en demeurant un peu à distance. Le kusher se tourna vers Hunter, le jaugeant de ses yeux aux contours violacés, puis cracha un nuage de fumée.

Il traversa la rue en regardant furtivement de gauche à droite, même si la circulation était au point mort.

— Salut, dit-il. Est-ce que tu pourrais me dépanner ? Je durcis.

— Désolé, man. Moi, le kush, c'est fini.

— C'est ce que je me suis dit plein de fois.

— Non, c'est vrai. Cette fois-ci, j'arrête. C'est pour ça que je suis là.

Le type se pencha vers Hunter et lui souffla à l'oreille son haleine de cendre.

— Paraît qu'ils ont du remote.

À côté, les trois chemises blanches continuaient à discourir.

— L'important, dit l'une des chemises à Hunter, c'est de se détendre. C'est pas toi qui décides. C'est le remote qui va choisir où et quand tu vas revenir.

Malgré ses tatouages de flammes et de serpents aux avant-bras, il était, comme ses acolytes, rasé de près et propre comme un marteau neuf.

— Tu cherches probablement une raison pour entrer dans le Sanctuaire. Pas besoin : il suffit de vouloir changer ta destinée.

— Ma destinée, c'est de la merde.

Tout le monde éclata de rire.

— Exact, dit le tatoué. Allez, viens. La réunion va justement commencer. Ça t'engage à rien.

Ils entrèrent dans la pyramide, où régnait une odeur ferreuse, proche de celle du sang. Après un étroit couloir éclairé par des néons, ils débouchèrent dans une grande salle triangulaire, au centre de laquelle se dressait une autre pyramide, identique à la première. Un modèle réduit de trois mètres de hauteur, en inox lisse et noir, avec les mots « LE SANCTUAIRE » embossés contre sa paroi.

Face à la porte de ce deuxième tétraèdre avaient été disposées une vingtaine de chaises, en demi-cercle. D'autres participants, un mélange de gars abîmés et de chemises blanches, buvaient du café dans des gobelets en carton. Hunter se rendit à la machine et s'en servit un à son tour, suivi par le tatoué qui n'arrêtait pas de parler des points de jonction. La destinée, répétait-il, dépendait de ces points de jonction. Le café avait un goût fade et dilué, dégueulasse.

Progressivement, chacun prit place sur une chaise. Le plastique grinçait alors que les participants cherchaient à trouver, en vain, une position confortable. Hunter resta debout.

Les voix se turent lorsque la porte de la deuxième pyramide coulissa vers le haut. Un homme en sortit : Tim, qui salua l'assemblée en souriant.

— Je suis ravi de vous revoir ici, entre les murs de notre Sanctuaire. Vous, les serviteurs, mais aussi, et surtout, vous, les nouveaux venus. Vous qui n'avez pas encore voyagé à travers les points de jonction, sachez que votre nouvelle destinée vous attend, ici même ! Vous êtes au bon endroit pour entreprendre un tout nouveau voyage. C'est ce qui nous unit, notre volonté de rattraper le temps perdu, de reprendre les rênes de notre présent, de notre avenir et même de notre passé.

Tim fit une pause dans son discours, pour laisser les spectateurs l'applaudir. Il s'approcha du demi-cercle, croisa le regard de chacun d'eux et s'arrêta devant le kusher aux yeux creux.

— Toi, c'est la première fois que je te vois. Probablement que tu as encore des doutes. Rassure-toi. Dès aujourd'hui, tu vas vivre l'expérience de ta nouvelle destinée. Mais d'abord, j'aimerais connaître la raison qui t'a mené ici.

— C'est mes problèmes de drogue.

— Excellent ! Tu es au bon endroit.

Tim écarta les bras dans un geste convivial : c'était le moment pour les membres de la réunion de s'ouvrir, de partager leurs expériences. L'un d'entre eux, une armoire à glace à la peau rouge et au crâne chauve, se leva pour s'adresser à l'assemblée.

— Moi, c'est Robert.

— Bonjour, Robert, dit le groupe en écho.

— Moi, mon problème, c'était la violence. J'arrêtais pas de me soûler puis de me battre dans les clubs. Une fois, même, je me suis retrouvé dans le coma pendant une semaine. Les thérapies fonctionnaient pas pour moi. Mais grâce au remote, j'ai réussi à devenir quelqu'un de pacifique, de bien. Par contre, il me reste encore à faire la paix avec ma fille. Je suis allé la voir, mais elle veut rien savoir de moi. C'est pour ça que j'ai besoin d'une nouvelle dose. J'espère que le prochain point de jonction sera le bon.

— Robert, viens me rejoindre. Tu l'as mérité.

Tim ouvrit une mallette en inox, dont l'intérieur se divisait en de multiples compartiments. Dans chacun d'entre eux, des tétraèdres noirs de la taille d'une pilule. Robert tendit la main pour en recevoir un. Sous les applaudissements de l'assemblée, il goba le comprimé, puis entra dans la pyramide. La porte glissa jusqu'au sol dans un bruit mat.

— Quelqu'un d'autre voudrait partager son expérience ?

Trois hommes prirent la parole à tour de rôle. Le premier affirmait avoir rencontré le salut en prison : un codétenu lui avait fourni une dose de contrebande, grâce à laquelle il avait pu échapper au pénitencier. Mais il ne réussissait pas à trouver un emploi, ni à finir ses études. De plus, les disputes avec son père étaient redevenues fréquentes. Le deuxième, infirmier dans un centre de désintox, cherchait à remonter jusqu'à la source originelle de ses dépressions chroniques. Le dernier, un ancien athlète disqualifié pour dopage, avait réalisé que sa véritable passion avait toujours été les arts visuels, et non le sport. Il devait retourner en arrière, au début de son adolescence, s'inscrire à un cours de peinture plutôt que de s'engager dans l'équipe d'athlétisme.

Bien qu'ils disaient aller mieux, ils éprouvaient tous encore le besoin de modifier un détail, de corriger une erreur, de réparer une relation. Le manège se répétait : ils racontaient leur histoire, allaient à l'avant recevoir la pilule des mains de Tim, puis entraient dans la pyramide noire en se faisant acclamer.

— Bien, très bien, très très bien. Mais je vois qu'on a quelqu'un qui n'a pas encore parlé.

Toutes les têtes se tournèrent vers Hunter.

— Si t'es là aujourd'hui, c'est que toi aussi, tu souhaites modifier ta destinée. Pourrais-tu nous dire pour quelle raison ?

Hunter hésitait à foutre le camp. S'il s'était ramassé ici, c'était pour trouver du kush, pas pour célébrer une messe. La seule chose qui l'empêchait de partir, c'était la possibilité d'avoir de la dope gratuite.

Tim lui souriait de toutes ses dents. Quelqu'un prit une gorgée bruyante de café. Un autre se racla la gorge. Tout le monde le dévisageait.

Il se sentit obligé de se présenter à son tour et de raconter son histoire.

— Moi, c'est Hunter.

— Bonjour, Hunter, répondit le groupe.

— Si je suis venu ici, c'est parce que je voulais du kush. Je m'étais pourtant promis d'arrêter...

Tim pencha la tête, l'écoutant avec empathie.

— En fait, je l'ai promis à ma copine, plusieurs fois. Pas plus tard que tantôt, elle m'a texté que c'était fini. Elle veut même se faire avorter pour s'assurer qu'on revienne jamais ensemble. Mais moi, je l'aime...

Hunter ne savait pas comment articuler ce manque qui l'habitait. À vrai dire, il ignorait depuis combien de temps il se sentait si vide.

— Et si on te donnait la possibilité de revenir en arrière, peut-être même de changer ce qui est arrivé, est-ce que tu accepterais de le faire ?

— Ce serait dur de dire non.

— Alors tu es prêt. Viens me rejoindre à l'avant. Tu l'as mérité.

Hunter posa son gobelet sur une chaise vide et se dirigea vers Tim, qui rouvrit la mallette et lui donna une pilule. Son cœur se mit à accélérer et ses mains se couvrirent d'une moiteur anxieuse, mouillant la base du médicament et laissant une traînée noire dans sa paume. Il sentit le vertige de l'inconnu l'envahir, le vertige des premières doses et des premiers amours, excitation et terreur entremêlées. Il avala la pilule, qui resta coincée à demi dans sa gorge, fondant avec un goût ferreux à l'endroit exact où s'était logé le cube de l'angoisse, plus tôt, dans l'autobus. Il regretta d'avoir laissé son café à l'autre bout de la salle.

La porte de la pyramide coulissa et, sous les acclamations de l'assemblée, Hunter pénétra dans la pièce triangulaire. L'ouverture se referma derrière lui, bloquant les sons de la réunion.

Contrairement à ce qu'il avait imaginé, il n'y avait personne à l'intérieur. Ceux qui l'avaient précédé s'étaient volatilisés.

Murs et planchers étaient d'un blanc immaculé, éclairés par une source de lumière invisible. L'air sentait le centre de réfrigération, ou alors le bloc opératoire, une fragrance synthétique qui évoquait la propreté. Il déglutit à nouveau pour faire descendre la pilule jusqu'à son estomac.

Des picotements traversaient ses mains. De la poussière s'en échappait. En fait, ses doigts s'envolaient en particules qui se dématérialisaient presque aussitôt. Les fourmillements se firent plus intenses, remontèrent jusqu'à ses coudes, ses épaules. L'instant suivant, il fixait d'un regard affolé ses paumes amputées, puis ses bras et ses pieds au complet disparurent. Bientôt, il ne fut plus qu'un tronc doté d'une tête flottant au-dessus du sol. De minuscules morceaux de peau se détachaient de son visage pour s'évanouir devant ses yeux. Alors, plus rien.

Son âme et sa conscience gravitaient dans un lieu dépourvu de toute attache. Il savait seulement qu'il était là, quelque part, sans pouvoir s'accrocher à rien, sauf à ces sons graves et distants, vaguement familiers, de plus en plus nets. De la musique. Il connaissait cette chanson. *Nobody Knows*, de Forever's Cry. Du emo-tribal. Le groupe préféré de Leslie.

Peu à peu s'esquissèrent les contours d'une douzaine de jeunes, séparés en petits groupes, qui parlaient et riaient. Tout autour d'eux, un vide sidéral. Des formes floues gravitaient dans l'espace, décrivant des spirales pour les encercler.

À la manière de pièces de casse-tête molles, elles s'emboîtèrent pour former une bibliothèque, une table basse, des bouteilles et une fenêtre ouverte, par où entrait un courant d'air. En arrière-plan, le rythme néo-primitif, maintenant assourdissant de Forever's Cry.

Hunter savait très bien où il se trouvait, *quand* il se trouvait, et ce qui allait arriver. Il tenta de contrôler le tremblement de ses jambes, essuya ses mains encore moites sur ses pantalons, des jeans qu'il avait jetés aux ordures des mois auparavant. À la place de sa camisole, il portait un col roulé noir, une horreur achetée par Leslie dans un sous-sol d'église et qui lui donnait l'air d'un universitaire pédant. Ce qu'il était, en fait, à l'époque. Ainsi, la rumeur était fondée : le remote pouvait réellement faire revivre le passé, et pas seulement par l'imagination.

Il reconnaissait la plupart des visages. Non, il les reconnaissait tous. Kate Page et Hubert Leblanc, avec qui il étudiait la linguistique. Ce con de Français, Milan Courteau. Sébastien Delapierre, avec sa coupe en bol. Harrison Blondet et sa copine Magalie. Alix Khan, qui n'avait pas encore commencé à prendre des hormones. Hamster, affalé tête première sur la table du salon. Ils devaient le trouver un peu bizarre à rester planté là, sans rien dire. C'était le début du party, il venait d'arriver. Il était censé retrouver Leslie, qu'il fréquentait depuis à peine deux mois à ce moment-là. Leur relation était sur le point de devenir sérieuse. Ce soir, d'ailleurs, elle le deviendrait davantage. *Mais pas de cette façon*, résolut Hunter.

Il sortit de sa torpeur et, d'un pas déterminé, entra dans la chambre de Kate. Leslie était là, en compagnie de Jaggermoon. Les deux lui adressèrent à peine un regard, concentrés sur la marchandise que le dealer avait étendue sur le lit.

— Celle-là se nomme Portugal. L'autre, Feathers. Les deux sont géniales, mais celle que je préfère, c'est celle-ci : Ultrakush.

Leslie souleva le sachet devant la lumière du plafonnier. La poudre violette luisait de reflets d'argent et d'or.

— C'est mélangé avec d'autres cochonneries ?

Hunter avait oublié à quel point il la trouvait attirante, les premiers temps. Son corps lui paraissait accueillant, généreux, pas encore alourdi par le poids des soucis, des frustrations.

— Leslie, je peux te parler ?

Elle accepta de le suivre avec réticence à l'extérieur de la chambre. Elle posa sa main sur son épaule, inquiète.

— Qu'est-ce qu'il y a ?

— Écoute, je voulais vraiment te dire que je tiens à notre relation et que t'es une personne merveilleuse.

— Merci… C'est une belle chose à entendre de ta part.

Il la prit par la taille et l'embrassa. Elle se laissa faire, puis le repoussa doucement.

— C'est un drôle de moment pour me dire ça.

Il émit un rire qui sonna faux.

— Je retourne voir Jaggermoon. Après, on va avoir toute la nuit pour tripper ensemble.

— Justement, j'y ai pensé. J'ai plus le goût de faire du kush.

— Comment ça ? C'est toi qui voulais en acheter. Je l'ai appelé pour ça.

— J'ai changé d'idée.

Leslie lui jeta un regard perplexe, sourcils froncés.

— C'est ton choix. Pour l'instant, je vais faire les miens, si ça te dérange pas.

Il la retint par le poignet.

— Attends. Il faut que je te dise autre chose. T'es la femme la plus extraordinaire que j'ai rencontrée dans ma vie. T'as pas besoin de ça pour t'amuser, ou exister. Moi non plus. On peut être heureux sans drogue.

— Qu'est-ce qui se passe avec toi, Hunter ? Je te parle de tripper, pas nécessairement d'être heureux. C'est deux choses différentes, pour moi.

Elle se dégagea, presque violemment.

— S'il te plaît. Je te le demande, on s'en va d'ici. J'aime pas l'atmosphère.

— Tu peux peut-être aller changer d'air d'abord.

— Leslie, tu veux lui ressembler ? dit-il en pointant Hamster, complètement gelé parmi les bouteilles vides.

— Depuis quand est-ce que tu juges les autres ? T'en as encore jamais fait. Dans le fond, t'as juste peur.

— Tu comprends pas. Ça va gâcher ta vie !

Elle le traita de con, puis retourna dans la chambre en claquant la porte derrière elle. Les amis de Leslie le dévisageaient désormais, sauf Hamster, qui n'avait pas bougé d'un poil.

Il tenta de tourner la poignée, mais elle était verrouillée. Bouillonnant de rage, il donna un coup de pied dans le battant, près de la serrure. La porte céda avec un craquement. La musique emo-tribal s'arrêta net.

— Toi ! hurla-t-il de toutes ses forces, pointant Jaggermoon. C'est ta faute. Tout est ta faute ! Ce gars-là, c'est un vampire, Leslie.

— T'es malade. Qu'est-ce qui te prend ? Laisse-nous tranquilles !

— Je suis d'accord, ajouta Jaggermoon, portant la main à sa ceinture, prêt à dégainer son foudroyeur.

Hunter implora Leslie de le suivre, elle lui répondit d'aller se faire foutre. Il quitta l'appartement, sans croiser le regard des autres invités, et se retrouva dans la rue en train de botter des poubelles.

Une fois qu'il entra dans son demi-sous-sol humide, sa colère se résorba, remplacée par un sentiment de vide. Il errait dans un lieu du passé, avec ses affaires et ses meubles, repères vaguement familiers, ses petits coins habituels, mais c'était une vie révolue. Il y manquait tous les ajouts féminins que Leslie y apporterait au fil des mois. Le tapis de la salle de bain. La peinture de King Ruff dans le salon. Le jeu de tarot d'Istanbul, posé sur la table basse.

Il éclata en sanglots et alla se coucher tout habillé, mais il n'arriva pas à fermer l'œil, inconfortable dans ses vêtements. C'était elle qui l'avait amené à faire de la drogue. Il revenait, chargé de bonnes intentions, mais elle se détournait de lui – à cause de la drogue, justement. Idiote. Elle ne comprenait pas quelle chance elle avait qu'il tienne à elle à ce point-là. Dès le lendemain, il irait la retrouver chez elle. Peut-être que cette fois, il parviendrait à se faire comprendre. Au bout d'une heure, il réussit à plonger dans un état mitoyen, entre le sommeil et l'éveil.

Il en émergea au beau milieu de l'après-midi. Il prit une douche rapide, changea de vêtements et sortit sans manger. Le logement de Leslie se situait de l'autre côté du campus, et il dut se frayer un chemin à travers les masses de familles en balade à l'ombre des arbres fruitiers plantés sur le site.

Quand il arriva chez elle, il hésita d'abord à sonner, avant d'appuyer sur le bouton plusieurs fois de suite. Pas de réponse. Il se rendit à l'arrière du bâtiment et monta les marches de l'escalier, certain de la trouver étendue dans son lit, enfoncée dans une extase coussinée.

Leslie était sur le balcon, avec Jaggermoon, les cheveux décoiffés. Elle portait sa robe de chambre préférée, la rose, alors que lui était torse nu, ses maudits abdominaux à l'air libre. Hunter se rua sur lui. Ses doigts se refermèrent sur la gorge du dealer, mais au même moment, il reçut une décharge électrique dans le bas-ventre et s'écroula, sa tête heurtant un barreau de fer au passage.

Quand il reprit ses esprits, il était affalé sur le sofa, une douleur vive irradiant ses testicules. Leslie épongeait le sang sur son crâne.

— Tu m'as fait peur. J'ai dû le convaincre de s'en aller. Sinon, il t'aurait envoyé à l'hôpital.

— Merci d'avoir pris soin de moi.

— C'est rien, mais c'est la dernière fois. Ça m'intéresse pas de continuer notre relation.

Il savait qu'elle allait dire cela. Ils avaient déjà eu cette discussion plusieurs fois, dans le futur.

— T'as raison. On est peut-être pas faits pour être ensemble.

— C'est pas ça la question, Hunter. Je veux dire, on se connaît à peine.

Il la connaissait cependant mieux qu'elle pouvait l'imaginer, ayant deux ans d'avance sur elle, sur eux.

— Si tu trouves que ça va trop vite, on peut être juste des amis.

La proposition n'avait pas l'air de lui tenter, mais puisqu'elle évitait son regard, il comprit qu'elle baissait la garde. Il lui proposa d'aller au concert de Forever's Cry qui aurait lieu le lendemain soir, même s'il avait toujours détesté ce groupe et que la première fois, il avait refusé de l'y accompagner. Elle ne dit pas oui tout de suite. Elle changea cependant d'idée après qu'il lui eut cuisiné un petit-déjeuner.

Elle se présenta à la salle de spectacle vêtue de sa robe vert jade, un vêtement qu'il avait oublié. Après le concert, que Hunter fit semblant d'apprécier, ils allèrent boire un verre dans un bar, puis elle l'invita à passer la nuit chez elle. Elle dut être surprise de le voir aussi sûr de ses mouvements, lui qui, lors de leurs premières fois dans son lit, s'était montré timide, réservé.

Les jours suivants se déroulèrent à peu près comme il l'avait planifié. Il prédisait ses réactions, se remémorant certains détails qu'elle ignorait lui avoir révélés. Ils avaient retrouvé leurs attentions de jeunes amants : les séances de massage, les tirages croisés au tarot d'Istanbul, les longues soirées enfumées. Les microdoses de kushian avant d'aller dans des concerts, avant d'aller visiter sa famille à la campagne. Il réparait les dégâts provoqués lors de son transfert au point de jonction, dans le party où il avait failli la perdre en se montrant moralisateur, paternaliste. Les amis de Leslie n'appréciaient pas qu'elle ait continué de le fréquenter, mais plus le temps passait, moins elle les voyait. Cela valait mieux ainsi, pensait Hunter. Leur relation n'en devint que plus forte au fil des semaines.

Hunter avait compris qu'avoir voulu abandonner la drogue était absurde, parce que c'était un ancrage à leur relation. Toujours osciller entre la posture du consommateur invétéré et celle du drogué repentant ne faisait qu'énerver Leslie, qui lui avait souvent reproché de ne pas savoir sur quel pied danser. S'il avait souhaité arrêter le kushian, c'était parce que Leslie le lui avait exigé, mais cela n'arriverait pas avant des mois. Pas avant qu'elle veuille aller en thérapie.

Durant leur relation précédente, c'était toujours Leslie qui contrôlait le trip, leur servait de guide en terrain inconnu. Mais il était revenu avec une expérience bien plus profonde du terrain. Désormais c'était elle l'apprentie, la débutante.

Ils avaient essayé d'autres dealers, mais leur kushian était souvent coupé avec toutes sortes de saletés. Il valait mieux s'adresser à quelqu'un de confiance. Bien sûr, Hunter était au départ réticent à recontacter Jaggermoon, mais le dealer n'allait sûrement pas cracher sur de l'argent à cause d'une prise de bec. Qu'est-ce que ça pouvait faire qu'il ait couché avec Leslie, si sa marchandise était la meilleure ?

Pourtant, la capacité de Hunter à contrôler Leslie, à anticiper ses réactions n'était pas toute-puissante. Un matin, elle sortit des toilettes après une longue séance sous la douche. Elle avait les yeux cernés et ses lèvres étaient blanches, comprimées comme elle le faisait quand elle s'inquiétait. Elle lui tendit un bâtonnet en plastique. Un test de grossesse, dont le bout indiquait un « + ».

À sa propre surprise, il ne fut pas content d'apprendre la nouvelle. Cela arrivait trop tôt : si la dernière fois la venue d'un enfant avait pu représenter une bouée de sauvetage pour leur relation mourante, l'arrivée de celui-là n'annonçait que des problèmes. Il le voyait dans le regard paniqué de Leslie, dans sa manière de se serrer les mains l'une dans l'autre.

Le moment était mal choisi, lui dit Hunter. Il serait préférable de ne pas le garder. Leslie ne l'avait pas encore invité à emménager avec elle et n'allait plus vraiment à ses cours. Lui-même, il avait abandonné l'idée de recommencer à zéro ses études en linguistique, de réapprendre des concepts ennuyants qu'il maîtrisait déjà.

La semaine suivante, Hunter accompagna Leslie à la clinique, d'abord pour lui apporter du réconfort, ensuite pour s'assurer qu'elle ne changerait pas d'idée.

Leslie était dévastée après la procédure. Absente. Il était supposé aller la reconduire chez elle, mais sachant qu'elle ne voudrait pas rester seule, il insista pour qu'ils aillent dormir chez lui. Il saurait la réconforter, même si elle lui en voulait.

Son premier réflexe fut d'aller fouiller dans l'armoire du salon. Il leur restait un gramme de kushian, quantité capable de les envoyer dans le tapis toute la nuit. Leslie pleura après s'être envoyé une première ligne. Lui aussi, car il ne supportait pas de la voir malheureuse. Il prit sa tête et la posa sur sa poitrine, se laissant aller dans le plancher, les fibres de ses muscles bientôt semblables à de la gélatine, et le crâne de Leslie, ses épaules, ses bras, pareils à une couverture de caramel en train de fondre sur son corps. Ils étaient mélangés au sein d'une osmose parfaite, libérés du poids de la matière. Liquéfaction totale. La fusion au-delà de tout ce qu'il avait espéré.

Hunter se réveilla parce qu'il avait froid. Il se redressa sur son séant, tâtant sa poitrine à la manière d'un bambin effrayé d'avoir perdu son ours en peluche. Leslie dormait encore, à plat ventre, le visage écrasé par terre, un bras plié dans un angle bizarre. Ses yeux étaient révulsés, et de l'écume avait séché contre son menton. Horrifié, il mit une main sur son épaule, mais elle n'eut aucune réaction. Il tenta de la secouer, mais le corps de Leslie était un morceau de chair désarticulé, glacé. Immobile et silencieux.

Il dut passer une heure entière à caresser les cheveux de Leslie, si soyeux sous ses mains, *dans* ses mains, contre ses nerfs, le regard perdu dans la toile de King Ruff qu'elle venait de lui offrir en cadeau : un paysage désertique, irradié, au centre duquel brillait une minuscule fête foraine. Ses gestes lui paraissaient distants, à la fois brusques et lents, en raison du kushian qui le faisait encore planer. Il eut l'impression de se voir lui-même de l'extérieur quand il composa enfin le numéro des secours.

— Allô... Ma copine a fait une overdose.

Il s'entendit donner son adresse de manière machinale, raccrochant avant que la préposée lui demande son nom. En sortant, il prit soin de laisser la porte entrebâillée.

En dix minutes, il pouvait attraper le prochain bus et se rendre dans le Red Light, retrouver le tétraèdre. L'endroit devait exister, sinon il ne pourrait jamais entamer, à un autre moment, une nouvelle relation avec elle. Ce serait sûrement Tim qui l'accueillerait au sanctuaire. Un autre Tim, qui ne le connaissait pas encore, mais qui allait être heureux de l'intégrer à l'assemblée et de lui fournir, de nouveau, du remote.

En attendant l'autobus, dans les miroitements du soleil levant, il essaya de chasser de son esprit l'image du corps inanimé de Leslie : elle était vivante, oui, quelque part dans le passé, tout comme elle continuait à exister, sans lui, dans ce futur qu'il avait quitté des mois plus tôt et qu'il ne pourrait jamais retrouver.

Il se demanda combien d'adeptes du remote il y avait, combien de réalités alternatives ils avaient créées en raison de leurs erreurs, et jusqu'où le mènerait sa prochaine dose. S'il ne parvenait pas une fois de plus à rectifier la situation avec Leslie, il aurait toujours la possibilité de recommencer, encore et encore. À deux reprises déjà, il l'avait perdue, elle, et leur enfant à naître, le véritable résultat de la fusion de leurs corps, de leurs âmes.

Il devait absolument retrouver la pyramide noire, intégrer la réunion, leur raconter son histoire, puis avaler une nouvelle dose.

Hunter réussit à retrouver l'impasse sans trop de problèmes. Il s'introduisit dans la structure, happé aussitôt par son odeur ferreuse, et déboucha dans la salle de réunion. Il y avait beaucoup moins de monde que la première fois. Seulement cinq gars épuisés, mal rasés, les vêtements sales, attendaient sur leurs chaises. Tim, pour sa part, se tenait debout devant la porte d'entrée de la petite pyramide avec sa mallette en inox, prêt à commencer la réunion.

— Bonjour à tous, lança-t-il. Êtes-vous ici pour entreprendre un nouveau voyage ?

Il leur débita son discours habituel sur le pouvoir de changer son présent grâce au passé. Sur la destinée. Sur les points de jonction.

— Mais je vois que nous avons un visiteur parmi nous.

En disant cela, il désigna Hunter d'un geste gracieux.

— Moi, c'est Hunter.

Les cinq autres spectateurs marmonnèrent «bonjour».

— Peux-tu nous raconter ce qui t'amène ici ?

— La drogue. Je suis un kusher. Ma blonde vient de crever d'une overdose. À cause de moi. Il faut que j'aille encore plus loin. Que je trouve le bon point de jonction. J'en suis sûr, cette fois, je vais réussir.

— Viens ici. Tu l'as mérité.

Hunter se rendit à l'avant et goba la pilule noire. Après quoi, il entra dans le petit tétraèdre. Le comprimé fondit dans sa gorge, déclenchant ses premières palpitations. Des aiguilles lacérèrent le bout de ses doigts, qui se dissipèrent en nuages d'atomes dans la lumière crue. La sensation emplit tout son corps, qui se transforma en cendres désagrégées. Puis, plus rien. À nouveau, le vide, où on ne ressent rien, où on ne pense rien, jusqu'à ce qu'il perçoive un grondement sourd autour de lui, dominé par une voix cassante. Désagréable. Familière.

— Tu vas finir par nous rendre fous, à force de faire des conneries.

Une autre voix se précisa. Celle-là était douce, inquiète.

— Arrête, Paul, il a compris.

— Mêle-toi pas de ça ! Il faut bien que quelqu'un l'éduque.

Le tissu de la banquette vibrait sous ses fesses, et la bande dure de la ceinture sanglait sa poitrine.

— Le nombre de fois que je l'ai répété, répété, répété… J'arriverai jamais à rien avec toi !

Son père conduisait en l'engueulant, en le traitant d'incapable, de vaurien, de paresseux, tandis que sa mère, soumise, continuait de contempler le tableau de bord. De chaque côté défilait le paysage morne d'une zone industrielle.

— Il me semble que rendu à dix ans, tu devrais comprendre.

— Ce que ton père essaie de dire, c'est que tu devrais être plus responsable.

L'habitacle empestait la sueur et l'eau de Cologne. Un mélange qui lui leva le cœur. De l'intérieur de ce corps d'enfant, la réalité lui paraissait disproportionnée, écrasante : le visage rouge et carré de son père, sa nuque tendue comme un bloc de ciment, ses mains comprimées contre le volant. Sur le siège passager, sa mère demeurait immobile, paralysée par la terreur qu'il lui inspirait.

Le son du moteur grondait en sourdine. Les vitres paraissaient faites de matière pare-balle. Les portières étaient des voûtes de banque. Il se trouvait pris au piège d'une prison qui avançait sur quatre roues.

— Est-ce que t'écoutes ce que je te dis, pauvre retardé ? Je le sais que tu penses à autre chose.

**André Ouellette** est diplômé en Lettres françaises, en Communication et Études cinématographiques et a poussé des études universitaires en Science et enseignement de l'activité physique. Ceinture noire 6e dan de taekwon-do et 2e dan de hapkido, il pratique les arts martiaux depuis 1974 et les enseigne depuis plus de quatre décennies. Sa première expérience littéraire remonte à 1978 avec un texte de style lovecraftien, publié dans un recueil du Cégep de Trois-Rivières, sa ville natale. Passionné de science-fiction, de fantastique, de mythologie et d'histoire, cette nouvelle est pour lui la chance de marier toutes ses passions avec celle de la création littéraire, l'aboutissement d'un rêve qu'il caresse depuis l'âge de dix ans.

# Au bord du gouffre

André Ouellette

Un cri déchire l'aube.

L'homme en braies de cuir grisâtre et courte veste de fourrure rousse fige devant la pente rocheuse.

*Qui… ou quoi… hurle comme ça ?*

— Ça, Ginia, ce n'est pas le vent.

Sa compagne en plastron moulant et tunique de mailles, bouclier en sablier au dos, le tout d'or étrangement reluisant d'écarlate, balaie de sa lance l'horizon de pics échancrant un ciel sans nuage.

— Arès m'entend, c'est toi le montagnard, Anthroklès. Alors que crois-tu que ça puisse être ?

*Certainement pas la voix d'Éole.*

Anthroklès dégage de son visage glabre sa crinière cendrée qui retombe sur ses larges épaules. Cela réussit presque à chasser son malaise.

— Je n'ai aucun souvenir de cette partie du continent. On est en plein cœur de la province de Mneseosea. La partie d'Anthyllya la plus au nord, la plus sauvage.

La grande femme en armure fait rouler sa musculature saillante sous le blond roussi de son ample chevelure, ses prunelles d'azur tournées vers lui.

— Sang d'Athéna, là tu parles comme un Anthyllyan, pas comme un artiate, ou même une amazone. Nos deux peuples vivent ici depuis la Première Grande Révolte. L'empire appelle sauvage tout ce qu'il ne domine pas ; comme nous. Tu as été leur esclave trop longtemps, mon homme.

*Oui, trop longtemps ; plus jamais.*

— Mais sans cela, on ne se serait jamais rencontrés.

La main calleuse de l'amazone lui caresse la nuque.

— Par le cœur d'Aphrodite, pour sûr que si on ne s'était pas ensemble libérés des arènes de Talantys, nous ne serions pas en chemin pour nous unir devant ma reine.

Il pose sa large main, étonnamment douce, sur le triangle félin du visage bronzé de Ginia.

— Tu as des regrets ?

Il sent la chaleur de leurs corps athlétiques avant même de réaliser qu'ils se sont rapprochés. La sensation désamorce le ton dur de l'amazone.

— C'est toi qui auras peut-être des regrets, mon homme, quand il te faudra prouver aux Filles d'Arès que tu es digne de ne pas mourir après notre nuit de noces !

*Mourir dans tes bras ne serait pas souffrance.*

Il masque son sentiment d'un froncement exagéré.

— Fomenter la Seconde Grande Révolte depuis l'arène de la capitale impériale, libérer des milliers d'esclaves dans tout le sud, défier les puissantes phalanges et les cruels esclavagistes de l'empire pendant trois ans, ça ne suffit pas ?

— Mes sœurs auront des doutes. J'étais avec toi.

*Et puisses-tu l'être toujours, comme depuis ce jour de rébellion où l'on s'est promis l'un à l'autre.*

Le sourire d'Anthroklès durcit.

— Je vois. Alors, sous le jugement de tes dieux, je défierai ta reine.

Il saisit la pointe de la lance et serre tant que le tranchant de la lame en feuille de saule se déforme. Mais pas une seule goutte de sang ne coule. Rien ne marque sa peau.

Ginia ne sourcille même pas. Mais elle ne sourit plus.

— Anthroklès, tu as inventé le pancrace pour faire de ton corps une arme vivante. Mais une amazone apprend à se battre dès qu'elle apprend à marcher. Les eaux du Styx ont rendu tes membres invulnérables. Mais tu peux être atteint comme n'importe qui d'un coup à la tête ou au cœur.

*Oui, mon cœur ; toi tu as su comment l'atteindre.*

Il allège le ton.

— Et pour sûr qu'elle n'a pas qu'une panoplie d'orichalque, comme toi, mais aussi des armes d'argent pour ignorer même la magie des dieux. Après tout, il y a des êtres ensorcelés sur ces terres.

— Mais toi avec qui toutes ces années j'ai bravé l'oppression, la peine et la mort, toi tu as la plus puissante de toutes les armes, de toutes les magies ; tu as mon amour.

*D'en rêver le premier jour où je t'ai vue, dans l'arène.*

Anthroklès prolonge le souvenir en la serrant dans ses bras, puis cille vers la cime montagneuse.

— Anthroklès… tu l'as vu toi aussi ?

— À peine ; ça pouvait aussi bien être une feuille au vent qu'un dragon.

Ginia resserre sa poigne sur la hampe de son kontos, vérifiant de sa main libre que la lame pliée du kopis à sa hanche sort aisément de son fourreau. Ses yeux ne quittent pas le ciel.

— Zeus me foudroie si c'était une feuille morte. Mais voilà bien des siècles, dit-on, qu'on ne voit plus de dragons en Anthyllya.

— Ce n'est pas parce qu'on ne voit rien qu'il n'y a rien, Ginia.

— Autrefois esclave, aujourd'hui révolté, demain philosophe ; mais par tout l'Olympe, ce n'est pas un homme que je vais épouser, c'est tout un village !

Anthroklès glousse avec elle, mais garde ses réflexions pour lui.

*Les Filles d'Arès sont des révoltées bien plus friandes d'esclaves que de philosophes. Heureusement pour moi que toi aussi tu t'es levée contre ça.*

*Hélas, la seule parmi toutes les tiennes.*

*Pour le moment.*

Il pointe la déclivité abrupte devant eux.

— Si de n'y avoir aucun village au pied de ces montagnes, c'est parce qu'elles foisonnent, peut-être pas de dragons comme autrefois, mais d'ogres, de minotaures…

— Et sur l'autre flanc de ces montagnes, de Filles d'Arès.

— Mais comme j'en ai une avec moi…

Ginia le fixe durement.

— Ne te crois pas à l'abri pour autant, mon homme. Vous les barbares du nord formez une seule nation avec vos clans de pêcheurs et de montagnards. Mais les tribus amazones n'ont pour unique lien entre elles que leur mépris des mâles et leur goût de les violenter et de les soumettre.

— Comme elles le furent jadis, parmi les autres femmes de l'empire d'Anthyllya.

— Alors, mon homme, même à Sinope, tu seras en danger.

*Et une fois à ta capitale, tu vas risquer l'exil pour moi ; parce que tu as choisi de m'aimer.*

Quand il s'aperçoit que Ginia devine ses pensées, il détourne le regard vers la montée devant eux.

— Je ne serai pas en grand danger si on ne passe pas d'abord ce pic.

— Et comme toujours, tu choisis ta route ; comme toujours, la plus périlleuse.

— Mais cette fois, je la prends avec toi, Ginia.

— C'est bien ce que je dis, mon homme : la plus périlleuse.

L'amazone le suit sur la déclivité parsemée d'oliviers et de cactus, entre des rochers grisâtres constellés de paillettes noires et coiffés de mousses des teintes émeraude et safran. À mesure qu'ils s'élèvent, le terrain se dénude, se redresse. Les anfractuosités et les aspérités se font plus rudes. Si Anthroklès s'y agrippe aussi facilement que d'avoir des grappins au lieu de membres, Ginia, de plus en plus, dérape sur la grenaille, perd prise, érafle ses coudes et ses genoux sur la pierre rugueuse.

Quand il lui tend la main, l'amazone grimace avec un mouvement de recul. Elle lui rend son sourire et accepte sa main tendue. Il l'aide à se hisser devant lui, son propre corps juste derrière pour prévenir ses chutes. L'artiate ressent une chaleur nouvelle en son cœur à la vue de sa compagne.

*Conquérir son orgueil demande plus de force et de courage que conquérir même une montagne.*

La voix feutrée de Ginia l'arrache à sa rêverie.

— Anthroklès, toi le montagnard, tu aurais dû me conseiller de prendre une corde.

— Je ne connais vraiment rien de plus que toi à l'escalade, Ginia. Mais je connais suffisamment les Filles d'Arès, une en tout cas, pour savoir qu'il est mal avisé pour un mâle de lui donner des… conseils.

— Sauf quand il a gagné son respect.

— Parce que j'ai fait couler le sang à travers tout Anthyllya ?

— Non, mon homme; pour chaque fois que tu as triomphé sans faire couler le sang.

*Le poing est fort, mais la main est noble.*

— Drôle de langage pour une amazone.

Elle s'arrête et penche son sourire derrière elle pour qu'il le voie bien.

— Il est temps que tu apprennes ce qu'est vraiment une amazone. Mais Aphrodite m'en soit témoin, ta femme s'en chargera fort bien.

Il lui renvoie son rictus et pointe de son nez le chemin incliné qui se dresse devant eux.

— En attendant ces jours heureux, il est temps de se secouer si on ne veut pas…

Piaillements et battement d'ailes l'interrompent. Des nuées d'oiseaux fuient la montagne embrumée de grisaille.

Ginia tremble.

Non, c'est lui qui tremble.

Non c'est…

Il se jette sur sa fiancée pour l'aplatir de tout son poids contre la pierre.

— Anthroklès ?

— Ginia, accroche-toi !

Sous la poussière de roche, l'amazone tousse et pleure avec lui. La rocaille dévale le flanc rocheux, tombe sur eux comme une rude averse. Une nouvelle quinte de toux les assaille.

— Ne bouge pas !

Ginia cherche à se dégager. Elle est assez forte pour le soulever au bout de ses bras musculeux, il le sait. Il ancre doigts et orteils ensorcelés dans les fissures qui balafrent la pierre. Mais ce sont davantage ses lèvres à son oreille qui la retiennent.

— Jetés de cette hauteur, on ne s'en relèvera pas !

Les tremblements du sol se transforment en violentes secousses. La pierraille lapide Anthroklès couché par-dessus Ginia. S'il ignore les cailloux percutant ses membres, il gémit quand les pierres roulent sur sa nuque ployée, rebondissent sur son dos arqué. Ses grognements se confondent avec ceux des entrailles de la terre torturée.

Un immense craquement retentit.

Puis, le silence devient si lourd que leur respiration l'assourdit, tel le rugissement d'un volcan. Son cœur tonne comme le fracas d'une avalanche. En même temps que Ginia, il finit par soupirer, puis par sourire et enfin éclater de rire. Elle le serre si fort qu'il perd le souffle et, l'espace d'un instant, toute sensation de douleur. Les bras musclés de sa compagne se relâchent, mais sans les séparer.

— Alors, mon homme… c'est fini ?

— Donc… tu as… des… regrets.

Malgré son sourire, Anthroklès grince des dents et Ginia en profite pour se glisser sous sa lourde charpente. Elle sort de sa besace un pot de faïence. Ses doigts s'y engluent d'une épaisse pommade ambrée puis en couvrent les ecchymoses de son compagnon. À peine les a-t-elle badigeonnées que ses blessures s'effacent comme si de n'être que de la simple saleté.

Anthroklès soupire, sourit, puis cogne bruyamment ses avant-bras ensemble.

— Parfois ça marche.

— Divin Asclepios et son onguent soient loués, malgré tes yeux et tes cheveux gris d'artiate têtu !

— Résister à la magie, ça aide, Ginia ; surtout contre un empire de prêtres-mages esclavagistes.

Elle range son médicament enchanté dans son grand sac de peau tout en regardant les roches qui ont roulé dans des crevasses tout autour d'eux.

— Poséidon est de mauvaise humeur, on dirait.

— Surtout depuis que l'empire soumet tout Anthyllya à Pandheos, son dieu unique.

*Et si seulement encore d'exister. N'en restent guère pour prier le dieu des mers, des séismes et des chevaux, sinon les amazones, quelques centaures, tritons et sirènes…*

Un baiser de sa fiancée interrompt ses réflexions.

— Tu m'as couverte avant même que je sente la première vibration. Comment as-tu su…

— Un esclave ne survit pas cinq ans dans les mines d'orichalque de Talantys sans être attentif. Sous terre, quand les entrailles du monde tremblent, personne ne vous entend…

Un grand cri strident crève le ciel.

Anthroklès fronce les sourcils.

— On aurait dit un oiseau.

*Un vilain oiseau.*

— Pour crier si fort d'aussi loin, il doit être sacrément gros, mon homme.

— Tu dis ça à cause de l'écho ?

L'amazone applaudit.

— Ta jeunesse de montagnard te revient.

Il garde les lèvres pincées et fixe leurs deux besaces alors qu'il les ramasse. La main de Ginia se pose doucement sur son bras.

— Pardonne-moi, Anthroklès. J'oublie trop facilement que tu as perdu à jamais les treize premières années de ta vie ; jusqu'au souvenir de ta propre mère.

Il se retourne vers la longue pente rocheuse toute fissurée derrière lui.

— Le fardeau de qui touche les eaux du Styx. Pour en mériter la faveur, j'ai accepté de le porter.

— Parlant de ça ; je peux porter mon bagage moi-même. Tu es mon fiancé, pas mon esclave.

*Il n'y a de chaîne plus facile à porter et plus dure à briser que celle qu'on se met soi-même.*

Mais au lieu de partager sa pensée, ou son chargement, il partage son sourire.

— Je saurai te le rappeler, ô ma promise. Mais pendant que je porte ton paquetage, toi tu as les mains libres pour manier ton hoplon et ton kontos.

— Ainsi parle le sage chef de la révolte ! Mais, est-ce parce que tu sens un autre danger proche ?

— Je n'ai quand même pas des yeux de griffon, des oreilles de centaure ou des naseaux de minotaure. On sait qu'il n'y a pas que des oiseaux dans cette contrée. Ce qu'on a entendu, c'était peut-être un oiseau, mais ce n'était pas un colibri.

Ils reprennent leur escalade. Anthroklès suit Ginia de près pour la rattraper au moindre ennui, mais sans empêtrer ses mouvements au cas où elle devrait brandir ses armes. Elle aussi reste attentive aux bruits et mouvements tout autour d'eux.

— Anthroklès ; un cri pareil, ça ne pouvait être un aigle. Plutôt un griffon, ou pire encore, une…

Ginia interrompt son murmure et se fige, les yeux plissés vers ce qu'illumine tout en haut le soleil presque rendu à son zénith.

— Regarde ça, mon homme. On n'a peut-être pas la foulée des phalangistes impériaux, mais on a fait bonne route. Ça, là-haut, c'est le vieux temple des monts Deatoykos.

L'artiate aussi reconnaît des colonnes dans les formes étroites hérissant le faîte du pic.

— Après ça, ce sont les berges de l'Aevkès, non ?

— Bien vu. Le temple donne sur une vieille route qui mène au fleuve. Ses rives tracent la frontière entre le levant où se termine ton monde barbare d'hommes libres et le couchant où commence le mien, celui des indomptables Filles d'Arès.

*Entre un monde et un autre ; une vie et une autre.*

Le soleil est directement au-dessus de leurs têtes quand ils soufflent ensemble en prenant pied sur le grand plateau qui coiffe la montagne. Tout autour, de majestueuses cimes enneigées la dominent, telle une titanesque couronne d'ivoire.

— Regarde, Anthroklès ; c'est bien le temple du titan du ciel.

Une vaste esplanade de dalles effritées s'entoure de hautes colonnes cannelées soutenant des arches enluminées de frises usées. L'âge et les intempéries qui marquent leur pierre grisonnante, veinée de bleu et de craquelures, en ont jeté plusieurs sur la rocaille, tels des doigts pointant tous vers le piédestal du monument au centre des ruines.

*Ouranos.*

Il n'ose prononcer le nom à voix haute. Il hésite avant de suivre l'amazone jusqu'au pied de l'imposante sculpture de marbre d'azur et d'or. Les siècles et les éléments n'en ont pas estompé les détails ; un puissant barbu ailé, trônant à demi nu sur un nuage, son regard vers le levant. Ils font le tour de la grande statue, soufflent chaque fois qu'ils s'arrêtent, mains ouvertes, devant l'une des sept sphères qui l'encerclent.

Anthroklès sourcille.

— Une Fille d'Arès qui rend hommage aux titans comme une artiate…

— Les titans ont enfanté nos dieux. Kronos, leur roi, a quant à lui créé les Khrûsos, le Peuple d'Or imbu de magie. Et Prométhée a donné vie au Peuple de Fer, les Sidiros ; nous, les humains. Et sans les humains, les dieux n'auraient pu engendrer la Race des Héros.

— Mais pas les Argylos, pour qui la magie et même les dieux n'existent pas.

— Nous, mon homme, nous ne sommes pas du Peuple d'Argent, de ces athées nés uniquement de ce monde ; ni des Oeris, le farouche Peuple de Bronze qui ne prie qu'Héphaïstos, leur créateur. Alors on leur doit respect ; surtout en leur demeure.

*Si de nous entendre encore ; ou même de s'en soucier, depuis que l'empire d'abandonner tous ces cultes, tous ces temples, de les affamer de la foi des mortels.*

*Le monde peut bien trembler…*

Quand ils achèvent de traverser tout le site balayé par la pierraille soulevée par les hoquets du vent frisquet, Anthroklès pointe une des colonnes écroulées.

— Faisons une pause.

— Tu es déjà fatigué ?

— Pas tant que nous ayons atteint le bout de notre route. Là où on trouvera tes sœurs et qu'elles voudront punir le mâle qui ose violer leurs terres ; et te punir toi de l'avoir laissé faire.

Avec un hochement du front, elle le suit jusqu'au pilier effondré où ils extirpent de leurs besaces du pain à l'ail, des olives farcies aux crevettes, du fromage de chèvre et des dattes au miel pour tout étaler sur le marbre entre leurs outres de vin et d'eau vinaigrée.

Ils partagent leur repas un long moment sans dire mot, jusqu'à ce que l'amazone renifle.

— C'est silencieux par ici. Pas même un chant d'insecte ou d'oiseau. On se croirait dans un cimetière.

— Tu n'as pas tort.

Anthroklès pointe de l'autre côté de la ligne de blocs effondrés où ils sont assis, vers un crâne défoncé et des os fracassés empilés sur les gravats. Ginia lève ses fins sourcils.

— Sang d'Athéna, ce sont des restes humains !

— Regarde, Ginia. Ils n'ont pas été fracassés par cette colonne. Et ça ne date pas de bien longtemps. Ils sont pêle-mêle, parfaitement nettoyés, presque pas empoussiérés. Et ils n'ont plus de moelle.

La lame pliée du kopis sortie du fourreau, Ginia bondit sur ses pieds et scrute les ruines.

— Les loups et les ours ne mangent pas les hommes. Les ogres et les minotaures ne mangent que des fruits et des racines. Pour dévorer un être humain comme ça, il faudrait que ce soit…

Elle crache entre ses sandales en voyant la grande plume dorée qu'il a trouvée.

— Un monstre alchimique !

— Ginia, c'est une plume. Et tu viens de dire que les ogres et les minotaures…

— C'est vrai que le Styx t'a fait oublier des choses, mon homme. Les ogres sont nés de ce monde. Ils sont cendrés et argentés de pupille, donc réfractaires à la magie ; moins que le Peuple d'Argent, mais tout comme ton peuple ; et les minotaures kraetoas qui eux ne naissent plus des fours alchimiques.

— Comme y naissent ceux de la garde de l'empereur, les minotaures mynoans, tous blonds et… cannibales. Mais eux ne quittent jamais la capitale.

L'amazone crache dans le gravier.

— Les prêtres-sorciers de l'empire ont créé bien d'autres monstruosités pour jadis les servir ; les centaures et les faunes, les tritons et les sirènes, les griffons et les lamies, les gargouilles et les…

— On dirait pourtant une rémige d'aigle.

La main libre de Ginia saisit la plume pour la comparer à sa cuirasse.

— Seuls les objets enchantés, comme ceux d'orichalque et les êtres magiques comme les Khrûsos, ont cette teinte. Ça, ce n'est pas une vulgaire plume de rapace ! C'est une plume de griffon… ou pire, d'une…

Les échos d'un hurlement aigu fendent l'azur.

Anthroklès se lève à son tour, fouillant les environs du regard.

— Encore ce cri ! Comme d'un… oiseau… d'un grand oiseau.

*Mais cette fois qui panique, ou souffre… ou… agonise.*

L'artiate ramasse en hâte leurs affaires. À peine trois pas franchis, l'amazone se plante devant lui.

— Qu'est-ce que tu crois faire là, mon homme ?

— Je reprends la route.

Ginia jette un œil vers la corniche qui s'étire du temple pour descendre l'autre versant du plateau.

— Veille à ne pas t'en écarter.

Il hausse ses puissantes épaules, mais garde sa réplique pour lui. La guerrière empoigne le long manche de sa pique d'une main ferme. L'autre rengaine son épée pour ensuite glisser la face de méduse embossée sur son bouclier en sablier devant les mailles de son épaule. Ginia prend position devant le flanc gauche de son fiancé.

*Le cœur d'Anthroklès en devient encore plus chaud.*

*Elle pense d'abord à me protéger.*

Vers l'horizon découpé de sommets enneigés, accompagnés par le crissement de leurs pieds sur la rocaille, le piaillement d'oiseaux entre les rochers moussus, le vent murmurant dans les branches des arbrisseaux et des arbres ombrageant la déclivité plus douce sur ce flanc du pic.

Devant eux, le soleil arrose son écrin doré de pourpre et de saphir comme un chuintement ronfle de plus en plus fort. Anthroklès s'arrête pour mieux l'écouter.

— Ce doit être le fleuve qu'on entend.

Ginia lui tend sa gourde avant d'en prendre une gorgée.

— Il doit être tout juste passé cette crête.

Un autre hurlement.

— On aurait bien dit un… oiseau, ou… une femme !

L'amazone lève écu et lance, fait deux pas devant lui. Sa voix feule comme le vent annonce l'orage.

— En tout Anthyllya, une seule créature crie comme ça.

D'autres gémissements. Ils font presque trembler, comme son cœur, les branches courbées au-dessus des buissons touffus parsemant la haute butte rocailleuse.

— Elle a peur. Et elle souffre.

Le manche de hêtre du kontos descend devant la large poitrine de l'homme dès son premier pas.

— Tant mieux ! Si c'est ce que je crois…

— Il n'y a pas deux moyens de le savoir.

L'artiate écarte la pointe d'orichalque et reprend sa marche vers le chuintement de l'eau par-delà l'élévation pierreuse ; vers l'origine des cris. Derrière lui, l'amazone grogne, soupire. Enfin, elle presse le pas pour le rattraper au faîte du promontoire.

— Arès me damne ; les dieux nous mettent à l'épreuve !

Ne demeurent que pontons tordus, planches disjointes et le bout effiloché d'épaisses cordes de chanvre pour rappeler la large passerelle qui prolongeait la voie vers le jour déclinant. Ses débris pendent aussi sur le flanc opposé, ombragé, de la crevasse béante devant eux.

Retentit encore un cri, plus déchirant, plus proche.

La guerrière penche sa pointe acérée vers le précipice. Le rugissement d'un torrent s'élève de ses profondeurs pour se perdre à la ligne distante de l'horizon où mer et ciel se rencontrent. Mais ce que lui désigne son épieu geint au bord du gouffre, à côté du pont brisé.

— C'est bien ce que je craignais!

Sur de la rocaille grisonnante, près des piliers d'ancrage d'orme et de granit fendillés et à demi descellés du sol, une grande masse de plumes frissonne, telle une bannière déchirée par la brise froide.

Le gémissement est familier.

Des cailloux volent soudain derrière ses pieds nus.

— Anthroklès ! Par le sang d'Athéna, qu'est-ce que tu fais ? Tu vois bien que c'est…

*La peur, la peine, la souffrance.*

La femme en cuirasse remplace son grognement par un juron. Le claquement de ses sandales lacées poursuit le tambourinement de ses propres pas. Tout juste devant la forme geignante et frémissante, Ginia le rattrape. Sa main calleuse au col de sa veste l'immobilise avec la vigueur d'une ancre jetée d'une barque. Anthroklès tombe presque à la renverse.

Et une énorme serre fend l'air, mais ne laisse sur son ventre que trois fines éraflures.

*De la souffrance naît la peur ; de la peur naît la colère ; de la colère naît la souffrance...*

La pique d'orichalque stoppe l'assaut furieux des vicieuses griffes. Mais avant que la pointe ne s'enfonce dans l'ample poitrine emplumée, la poigne d'Anthroklès paralyse d'un coup son élan, ses doigts autour du tranchant effilé de la lame en feuille de saule.

— Ginia ! Attends !

*Il faut briser le cercle.*

L'amazone lui arrache son arme sans la moindre goutte de sang sur le métal aiguisé. Elle passe sa hampe par-dessus les épaules d'Anthroklès et le tire en arrière, lèvres collées à son oreille.

— Foi d'Arès, il n'y a qu'un mâle d'assez stupide pour approcher une harpie !

Un gloussement lui répond, craché par le sourire gourmand d'un délicat visage ambré, illuminé par de grands yeux dorés, encadré par une luxuriante cascade de plumes fines et soyeuses. Une voluptueuse poitrine duveteuse, de la même couleur platine, halète en se gonflant droit vers le regard de l'homme.

Les crocs de bronze luisant entre les lèvres pulpeuses saillent pour la femme.

Anthroklès soupire.

*Évidemment qu'elle a peur ; nous sommes humains.*

D'immenses ailes chatoyantes de cuivre et d'or s'écartent comme pour les enlacer, puis se raidissent et s'affaissent. La femme-oiseau, tremblante sur ses maigres pattes d'écailles, s'écrase avec un nouveau geignement. Agrippant la rocaille de ses longues griffes recourbées, elle passe tout près de basculer dans le vide.

Anthroklès retient Ginia de lui faire perdre prise avec une savate. La harpie grimace chaque fois que la brise froisse le plumage doré de son bras gauche.

— Son épaule est brisée, Ginia.

— L'Olympe en soit loué ! Maintenant, qu'elle se brise le cou !

De la poussière ternit duvet et plumes et des pierres s'amoncellent jusqu'au bord du ravin.

— Un éboulis a détruit la passerelle. Je pense qu'elle s'y est fait prendre aussi.

— Et toi, mon homme, je pense que tu t'es fait taper trop de cailloux sur le crâne quand ça déboulait de l'autre côté de la montagne ! Faut que tu sois encore étourdi pour ne pas jeter ce monstre en bas !

*Les animaux abandonnent les blessés… ou s'en repaissent.*

— Pour abréger ses souffrances, Ginia ? Comme pour les chevaux qui se cassent une patte ?

— Tu n'es qu'une proie pour ce monstre ! Ses serres te déchiquetteront pendant qu'elle dévorera toute ta virilité pour pondre d'autres petites poulettes perverses comme elle ! Les harpies ne vivent que pour chasser, abuser et tuer les hommes !

— On dit ça aussi des amazones.

Elle lui frappe l'épaule. Une autre voix alors s'élève.

— Fils de Prométhée, toi aider moi.

Anthroklès sourit.

*Le cercle est brisé. Enfin.*

Les prunelles de glace de l'amazone se fixent sur la harpie, dures et froides comme sa voix.

— Tu parles notre langue, Chienne de Zeus ?

Le sourire enjôleur de la créature devient un rictus de mépris.

— Mâle à Fille d'Arès pas premier mâle moi… voir. Mais ici terre de rampants. Autre côté, montagnes de Filles de Typhon. Moi, Fille de Typhon. Moi vouloir retourner.

— Toi Chienne de Zeus, c'est à l'Hadès que tu vas retourner !

Anthroklès bloque l'assaut de Ginia à nouveau tout en gardant un œil d'acier sur la harpie.

— Il n'y a plus de pont. Et moi, je n'ai pas d'ailes.

Une odeur de musc estompe l'haleine putride qui filtre des lèvres platine et des crocs cuivrés.

— Toi Fils de Prométhée. Toi courir plus vite, sauter plus loin que Fille de Typhon. Moi légère. Toi vigoureux. Toi porter moi. Moi ouvrir ailes. Toi et moi planer autre côté.

— Planer ?

Le sourire de la harpie s'élargit.

— Flotter comme feuille au vent, mais filer droit comme pierre. Fils de Prométhée pas avoir peur. Même poussine faire ça facile.

*Comme une feuille au vent…*

Anthroklès jette un œil tout en bas du précipice, sourcils froncés.

— Pas sûr que ça me tente d'essayer ça.

Le regard suppliant de la harpie contraste avec le timbre assuré de son croassement.

— Si toi être ici, toi aussi vouloir aller autre côté, non ? Falaise trop lisse, trop abrupte. Torrent trop large, trop fort. Perchoir de rampants brisé. Mais moi et toi pouvoir planer autre côté.

Ginia plante sa lance dans le gravier et, mains sur les hanches, toise la femme-oiseau.

— Et moi, vieille pie ? Pendant que toi tu risques mon homme à connaître le triste sort d'Icare, moi je passe au nord par la froide mer des krakens ? Ou au sud, par l'empire esclavagiste d'Anthyllya ?

Anthroklès lâche les besaces et va détacher ce qui reste d'une des longues cordes d'un ponton. Il arrache les planches qui y pendouillent encore, telles les feuilles mortes d'une branche sèche. Il noue le câble à sa taille, présente une extrémité à sa compagne et pointe la falaise opposée du ravin.

— De l'autre côté, j'attacherai ça à un arbre. Fais de même ici. Ça te fera une passerelle. Entre-temps, tu pourras me sauver avec cette amarre si tout ça tombe à l'eau.

L'amazone ne lui rend pas son sourire.

— Et toi, mon homme, tu penses que moi je veux traverser cette gorge pendue comme un fruit mûr ? Avec de ces vicieuses buses insatiables dans les parages ?

Il tord un coin de ses lèvres minces.

— Ginia, ni char ni chevaux ne peuvent passer ces montagnes. Et tu l'as dit toi-même ; par bateau au nord ou par les routes au sud, c'est plus que téméraire. Alors dis-moi, veux-tu toujours un mariage amazone à Sinope ? Ou bien préfères-tu retourner à ma cité d'Érebos pour une cérémonie artiate ?

La guerrière soupire sèchement par ses narines, fixant tour à tour son compagnon et la femme ailée.

— Anthroklès d'Érebos ; tu m'as sauvée, moi et des milliers de femmes, avec tous ces esclaves libérés par ta révolte. Mais ça ne t'oblige pas, encore moins m'oblige moi, à venir en aide à n'importe qui ; ou n'importe quoi ! Pactiser avec cette créature, c'est… contre nature !

— Ginia ; la nature n'est ni bonne ni mauvaise. Nous, par contre...

Cette fois elle crache, ratant de peu la harpie goguenarde.

— Foi d'Arès, tu lui en laisses la chance, elle n'hésitera pas à faire de toi l'esclave de ses pulsions charnelles, puis à dévorer avec autant d'appétit ce qui restera de ta chair vide et souillée !

Anthroklès hausse les épaules.

— Pas avant qu'on soit de l'autre côté. Tu ne traverseras pas pour m'en sauver ?

Ginia renifle, prend le bout de corde qu'il lui tend. Elle arrache sa pique du sol et la pointe vers la harpie. Son regard et son timbre de voix se font bien plus tranchants encore.

— Que tout l'Olympe m'entende ; tu l'égratignes à nouveau, Chienne de Zeus, tu meurs ! Et ensuite, je ferai en sorte que toute la nation amazone parte en chasse contre ta vilaine race de dindes démoniaques, jusqu'à ce qu'il n'en reste pas même une seule plume sur tout ce continent !

La femme-rapace lui sert un rictus pervers en retour.

— Sotte Fille d'Arès ; lui tomber, moi tomber. Lui mourir, moi mourir. Moi pas vouloir mourir.

— Alors n'oublie pas ma promesse, grosse tourte. Même d'aussi loin, cette lance peut très bien se trouver une place confortable en tes entrailles.

L'extrémité de la longue corde en main, Ginia se dirige vers l'arbre le plus près des ruines du pont. Anthroklès vérifie une autre fois le nœud autour de ses hanches puis tend les mains. Sur le dos, la harpie lui offre ses jambes avec un sourire. Bras croisés pour se garder des serres écailleuses brandies vers lui, il les empoigne, ignorant les halètements provocateurs. La femme-oiseau pousse un soupir déçu quand, sans effort apparent, il la retourne en la dressant au-dessus de sa tête, tel un parasol.

Elle déploie avec délicatesse ses vastes ailes, corps raidi pour ne pas trembler. Elle siffle comme il remonte la pente et les distance du précipice. Anthroklès secoue la sueur de son front et s'élance dans un craquement de gravats vers les ruines du pont. Il retient sa respiration pour ne pas retenir sa foulée arrivé au bord du canyon. Il l'exhale d'un coup et se jette dans le vide.

Aussitôt l'abîme rugissant l'aspire.

Son cœur s'arrête à la vue des pierres et des eaux. Puis, comme dans un rêve, il flotte.

Il plane.

Il vole !

— *Ô Icare ; aujourd'hui, je te comprends !*

Au-dessus de lui, les grandes ailes de la harpie ronflent. Les débris de la passerelle pendus contre l'autre falaise se rapprochent, plus vite que les sombres rochers polis comme du verre par les courants écumants. Le vent glisse sous les plumes, ondulantes comme les plis de la grande voile d'une galère.

Et tel un navire sur des flots éthérés, la brise les porte en avant. *Je vole !*

Le souffle du soir siffle dans sa longue chevelure. L'air frais caresse son visage. Une inimaginable sensation l'envahit, une étrange euphorie qui l'enveloppe, l'emporte.

*La liberté ; au-delà des chaînes et des barreaux brisés, au-delà des confins de la terre…*

L'ivresse cesse brutalement quand la harpie penche ses crocs luisants vers sa gorge.

D'instinct, il lâche les pattes, empoigne le cou emplumé alors qu'elle claque des mâchoires. Le rugissement strident de la femme ailée lui hérisse les poils de la nuque. Sitôt libérées, les serres lui labourent les flancs. Du sang jaillit. Il pousse un cri de douleur.

Le hurlement horrifié de Ginia accompagne le sien vers le fond du ravin.

— ANTHROKLÈS !

Il rabat ses avant-bras contre les pattes écailleuses, casse leur poigne. La harpie bascule devant lui. Tandis que la femme ailée tombe, désemparée, ses mollets cisaillent à son passage les hanches étroites. Ses mains agrippent les planches suspendues contre la falaise.

Ils s'abattent face première contre le bois fendillé et la roche rugueuse.

Les muscles d'Anthroklès s'engourdissent sous la douleur. Son esprit troublé s'embrume. Les vociférations de Ginia et les secousses qu'elle donne à la corde étirée entre eux le ravivent avant qu'il ne plonge dans l'abysse.

— Anthroklès ! Par tous les dieux, accroche-toi ! Ne ferme pas les yeux ! Écoute ma voix ! Même avec la corde, tu ne peux pas traverser un tel torrent et remonter de mon côté. Tu dois grimper ton côté ! Les débris de la passerelle te font une échelle. Tu es artiate, un barbare de ces montagnes ! Ta tête l'a oublié, mais pas tes membres !

Le brouillard de son esprit se dissipe enfin. Ginia s'élance avec le jeu qui reste au filin tout autour de l'arbre où elle l'a attaché.

*Elle estime le mou qui se fera en me rapprochant du sommet. Si de retomber, elle pense me tirer de son côté. Elle croit vraiment aux miracles. Moi aussi ; quand on les accomplit soi-même.*

Anthroklès se concentre sur la voix de sa bien-aimée.

*Grimper ; oui, grimper. Si une stupide chèvre peut le faire, je peux le faire ! Je suis un homme !*

Ragaillardi par cette conviction, il secoue débris et sueur de son visage. À bout de souffle et la tête lourde, il grimpe d'une poigne moite et tremblante, les membres gourds.

Il ignore la brise froide qui mord ses chairs, la grenaille crépitante qui brûle ses mains, les échardes craquantes qui piquent ses yeux, la poussière aride qui bloque ses narines, le poids inerte qui engourdit ses chevilles. Il grimpe.

La harpie pend mollement entre ses jambes marbrées du sang qui coule de ses flancs lacérés. Il devine que Ginia cesse de prier les dieux quand elle lance une copieuse série de jurons.

— Anthroklès ! Par toutes les érynies du Tartare, mais qu'est-ce que tu crois que tu es en train de faire ? Lâche-la ! Qu'elle brise tous ses os creux au fond de ce trou comme elle le mérite, cette folle traîtresse !

L'artiate soupire pour étouffer un gémissement et croise plus fortement ses pieds sous la harpie.

*C'est si facile de lâcher prise… de haïr, de tuer…*

Les doigts crispés, il saisit une planche grinçante après l'autre. Ses dents grincent autant que les cordes effilochées qui les suspendent encore contre la paroi. Il en arrache plusieurs, mais il se raccroche, poursuit sa pénible escalade.

*La peur donne des ailes y paraît. Faut croire que je n'ai pas encore assez peur…*

Pourtant, son cœur cogne si fort dans sa poitrine jusqu'à ses tempes que le fracas du torrent sous lui s'estompe. À force de grognements et de halètements, il traîne la harpie inconsciente jusqu'au sommet de la falaise, face dans le gravier de la route engloutie par le crépuscule.

La harpie se réveille enfin quand le soleil est bien loin derrière l'horizon brumeux. Un gémissement filtre entre ses crocs et un frémissement secoue l'aile endommagée. La femme-oiseau s'ébouriffe et siffle à voir épieu et bouclier levés vers sa face déformée par la douleur et la frayeur.

À peine descendue de la corde maintenant tendue raide en travers du canyon, Ginia lâche les besaces et charge vers la créature en rugissant le cri de guerre des Filles d'Arès.

— GIIIINOIIII !

Anthroklès n'a pas trop de toute sa vigueur vacillante pour empêcher l'amazone de l'empaler.

*Le cercle doit rester brisé.*

Durant leur lutte, la femme-oiseau titube sur ses maigres pattes tremblotantes. Elle claudique jusqu'à l'orée ombrageuse d'un boisé en ne laissant derrière elle que quelques plumes éparses parmi les futaies épineuses. Les échos de son croassement se fondent parmi les ombres du soir.

Ginia réussit à endiguer sa rage en voyant tout le sang sur les côtes tailladées d'Anthroklès. C'est tout ce qui la retient de pourchasser la femme ailée.

L'amazone sort le petit pot de sa besace et enduit ses doigts de gelée ambrée. Elle en applique avec une douceur délibérée sur ses blessures.

Le sang continue de couler malgré l'onguent mielleux. Ginia lance un juron.

— Hécate m'en damne, je hais cette maudite allergie artiate à la magie ! L'onguent aurait encore dû refermer tes plaies !

La grimace d'Anthroklès devient presque un sourire.

— Tu l'as dit, ça ne marche pas tout le temps avec moi. Ton charme oui, mais pas ça.

Un soupir suit pour étouffer un autre blasphème, Ginia verse du vin de son outre sur ses mains pour nettoyer les entailles et les recouvrir ensuite d'une bande de lin imbibée d'eau vinaigrée. Anthroklès siffle entre ses dents au contact brûlant sur sa peau, mais finit par pousser un soupir apaisé, yeux levés vers les premières étoiles. Ginia gronde.

— Que Thanatos l'emporte, cette sale garce plumée ! Elle a essayé de te tuer ! Même au prix de sa propre vie, elle n'a même pas pu s'en empêcher !

Anthroklès lui prend les mains, son regard dans le sien.

— C'est une harpie. C'est dans sa nature.

Les prunelles azurées de Ginia s'adoucissent enfin sous l'éclat argenté de ses yeux.

— Mais toi, mon homme, tu l'as attrapée et remontée plutôt que de la laisser tomber ! Au risque qu'elle se réveille, t'agresse de nouveau, de plonger vers la mort avec elle ! Malgré la peur, la douleur, même après qu'elle eut essayé de te tuer, tu as quand même risqué ta vie pour l'aider, pour la sauver !

Anthroklès hausse les épaules.

— Je suis humain. C'est dans ma nature.

**Guillaume Voisine** a été éditeur et directeur littéraire pour *Brins d'éternité* pendant près de quinze ans. Maintenant que le sang neuf d'une nouvelle équipe coule dans les veines de la revue, sa contribution aux littératures de l'imaginaire se fait à travers l'écriture de fiction.

# À la mémoire des années immobiles

## Guillaume Voisine

Dehors, l'orage. Juliette fut un instant distraite par la pluie qui venait de redoubler d'intensité, puis termina le message qu'elle destinait à Xavier.

« Je sais : tu es un loup-garou et tu ne veux pas risquer de dévorer tes collègues :) »

Elle déposa son téléphone sur sa cuisse et se cala dans le divan pour mieux écouter les trombes qui martelaient la maison vide. Voilà qui aiderait à réduire le niveau d'humidité qui s'infiltrait par tous les interstices, malgré la climatisation. Elle s'aéra en agitant le col de son négligé et prit une gorgée de vin rouge. Pauvre Inès ! Pourvu que la tempête ne s'acharne pas trop sur sa fille et ses amies...

*Ça lui apprendra. Elle n'avait qu'à rester ici, avec sa mère.*

Juliette secoua la tête. À quinze ans, il était normal qu'Inès aspire à plus d'autonomie. Et aujourd'hui, ça voulait dire passer quelques jours sans ses parents. De l'autre côté de la fenêtre, l'eau formait des coulisses mouvantes, tracés éphémères que Juliette essayait de parcourir du regard. Sa fille avait le droit de vivre ses propres expériences. Ça ne rendait pas la situation plus agréable pour autant. Elle vida sa coupe d'un trait et la fit tourner entre ses doigts manucurés, prête à accueillir la légèreté que lui procurait l'ivresse.

Dans l'éclairage tamisé du salon, Juliette releva les tâches qui l'attendaient. La poussière qu'elle devrait épousseter sur les bibelots et les cadres holographiques. L'épais tapis au centre de la pièce qui était mûr pour une tonte et un shampoing revitalisant. Une chemise sale que Xavier, dans sa précipitation, avait abandonnée sur le dossier d'un fauteuil et qu'elle devrait laver, puis repasser. Inès lui avait déjà demandé pourquoi elle ne se procurait pas un androïde qui pourrait s'acquitter à sa place des tâches domestiques. Le salaire de Xavier permettrait ce genre de dépense, c'était vrai, mais Juliette n'aurait alors plus rien à faire de ses journées.

*À part boire.*

Vibration sur sa cuisse, un message de Xavier.

« Ce serait leur dévoiler mon terrible secret ! Et puis je ne pourrais jamais plus sauter un rasage sans qu'on craigne que je ne me transforme... »

Leur petit jeu, commencé une semaine plus tôt, aidait Juliette à gérer l'anxiété causée par le départ de son conjoint. Elle inventait une raison invraisemblable pour qu'il ne se rende pas à sa retraite corporative obligatoire, et il y répondait par une excuse tout aussi absurde. Juliette n'avait pas ressenti le besoin de procéder à un manège similaire avec Inès. Son voyage de canot-camping était prévu depuis des mois, et le hasard avait voulu qu'il tombe en même temps que la fin de semaine de socialisation forcée de Xavier.

*Tout le monde t'abandonne. Ta mère, ton mari, ta fille. Ton père.*

Juliette soupira. Colin, fraîchement retraité, méritait bien cette croisière nordique de trois mois à laquelle il avait si longtemps rêvé. Il avait l'air comblé le jour du départ. Léger comme il ne l'avait jamais été. Non, son père avait toujours été là pour elle. À l'écoute, attentionné.

Quant à sa mère... Oui, le décès de Lorraine pouvait être vu comme une ultime forme d'abandon. Juliette remplit sa coupe et la porta à ses lèvres. Elle laissa le vin rouler dans sa bouche, les tanins saisir ses papilles. Elle aurait le reste de sa vie pour regretter sa faiblesse face à ce vice, mais ce soir, elle voulait s'évader.

*Que cherches-tu à fuir, sinon toi-même ?*

Son téléphone vibra à nouveau. Juliette avala sa gorgée.

« L'embarquement commence, je vais devoir fermer mon appareil. Je t'aime. Essaie de te reposer, mais n'oublie pas... »

Il n'avait pas besoin d'en dire davantage, Juliette comprenait très bien ce à quoi il faisait référence : au remémo qui patientait au frais, dans le sous-sol.

*

*Les fils électriques enchevêtrés défilent sous le ciel nuageux, le découpent en un vitrail fluide et monochrome. Tes mains se crispent sur les accoudoirs lisses lorsque la voiture réduit son altitude. Tu approches de la destination programmée.*

*

Juliette enjamba l'aspirateur qui croisait son chemin. Sa coupe à moitié vide à la main, elle s'appliqua à passer le plumeau sur les livres techniques qui encombraient la bibliothèque de Xavier. Des bouquins qu'il n'avait pas consultés depuis l'université, mais qu'il s'entêtait à conserver même s'ils empestaient la poussière.

Ils s'étaient rencontrés deux décennies plus tôt. Juliette avait alors vingt-six ans et travaillait comme réceptionniste dans le cabinet d'un dentiste. Xavier l'avait invitée à prendre un verre après avoir payé pour un nettoyage de routine. C'était loin d'être le premier client qui s'essayait à la draguer, mais c'était le premier depuis la fin d'une longue relation toxique de laquelle elle venait de s'extraire. Quelque chose chez Xavier l'avait mise en confiance, et elle avait décidé de donner une chance à ce grand brun au regard d'un gris perçant. Elle avait découvert un homme fiable et affectueux dont elle était vite tombée amoureuse. Ils s'étaient fréquentés quatre ans avant de se marier.

Elle avait quitté son poste peu de temps après leur voyage de noces afin de se consacrer à ce qui deviendrait leur petite famille. Xavier avait d'abord été mal à l'aise avec sa décision et l'avait encouragée à retourner aux études si sa carrière ne la satisfaisait plus. Sa thérapeute de l'époque lui avait fait admettre qu'elle agissait ainsi pour éviter de répéter les erreurs de Lorraine. Juliette avait cessé de la consulter. Elle avait assuré à son époux que c'était bien la vie qu'elle désirait, et bientôt, la merveilleuse petite Inès naissait, démontrant le bien-fondé de son plan.

Juliette crut entendre la sonnerie de son téléphone à travers le rugissement de l'aspirateur. Elle éteignit la machine et tendit l'oreille. Une seule personne l'appelait au milieu de l'après-midi. Sa mère.

*Mais ce ne peut être elle, tu le sais bien.*

L'air stagnant de la maison lui confirma son erreur. Elle s'accorda une gorgée de vin et déposa la coupe sur la table de travail de Xavier, un meuble en bois artificiel sur lequel s'étalait un désordre organisé de diagrammes et de notes manuscrites.

Juliette réactiva l'aspirateur, qui continua sa corvée.

*Ne te lasses-tu pas de côtoyer le fantôme de tes habitudes ?*

Elle avait encore l'impression d'être dans l'attente inconfortable d'un autre appel de Lorraine, d'une autre conversation hachurée de silences, ponctuée de réponses monosyllabiques. Aucun échange plus poussé n'était possible avec cette interlocutrice qui lui coupait la parole dès qu'elle articulait une pensée le moindrement complexe. Ce manque d'écoute, Lorraine en avait toujours fait preuve, et ce mauvais pli avait été aggravé dans ses dernières années, en raison de son système nerveux ravagé par la maladie.

Juliette se demandait parfois si le prix qu'elle aurait à payer pour sa propre utilisation du nexus serait aussi lourd.

*

*Tu hésites longtemps devant l'édifice qui a poussé sur un terrain mal entretenu, dans un quartier en friche. C'est donc là que ta mère a vécu ses dernières années.*

*

Juliette rinça l'assiette et la plaça dans le lave-vaisselle, à côté des chaudrons dans lesquels elle avait fait cuire les pâtes et réchauffé la sauce. Elle avait avalé le tout sans y goûter, avec le reste de sa bouteille de vin. En temps normal, elle insistait pour laver les gros morceaux à la main, mais ce soir, le cœur n'y était pas. Malgré cette entorse à l'habitude, la machine lui semblait presque vide.

L'orage s'était calmé, il ne tombait plus qu'une bruine presque invisible, portée par le vent. Inès et ses amies devaient déjà avoir monté leurs tentes. Juliette prit son téléphone, ouvrit l'application de messagerie et accéda à sa conversation avec sa fille. « Tout va bien ? Tu t'es bien rendue ? » Les textes de leurs précédents échanges défilèrent sous son pouce. La plupart des interactions venaient d'elle.

*Ta fille t'ignore, après tout ce que tu as fait pour elle.*

« C'est un comportement normal », se répétait-elle. Un mantra appliqué comme un bandage sur la plaie sans cesse réouverte de son sentiment d'abandon.

Inès était partie en début de matinée, quelques heures après son père. Elle avait refusé de se laisser reconduire et s'était engouffrée dans un robotaxi que Juliette avait regardé s'envoler depuis une fenêtre du salon, encore troublée par la prise de bec qu'elle venait d'avoir avec sa fille. Inès avait décidé de n'apporter que de la nourriture synthétique parce que les pilules étaient plus légères et occupaient moins de place dans ses bagages. Juliette avait répété ses appréhensions par rapport à la valeur nutritive de ce type d'aliment et Inès l'avait traitée de réactionnaire. La conversation s'était envenimée malgré sa résolution de demeurer calme, mais elles avaient trouvé un terrain d'entente : en plus de ses pilules, Inès était partie avec un sac de noix et de fruits séchés.

Juliette considéra le petit portrait de sa fille qui accompagnait ses rares interactions. Inès incarnait une beauté gracieuse, simple et naturelle. Avec sa longue chevelure blonde dorée qu'elle portait libre, ses traits fins et ses grands yeux bleus étincelants, elle ressemblait à sa grand-mère maternelle et bien peu à sa propre mère. C'était pour le mieux : physiquement, Lorraine et Inès étaient dans une classe à part. Lumineuses. Juliette, quant à elle, avait toujours trouvé son allure ombragée plutôt quelconque, ayant hérité de son père des yeux bruns, un nez proéminent et des sourcils trop épais. Peu importe la coupe qu'elle essayait pour mettre en valeur ses cheveux d'un blond cendré, elle était chaque fois déçue par leur manque d'éclat. Depuis quelques années, elle s'était habituée à les avoir très courts.

Elle déposa le téléphone sur le comptoir, écran vers le bas. Et maintenant, quoi ? Juliette lorgna la porte fermée qui menait à la cave.

*Tu n'as pas à faire ça ce soir...*

Elle méritait un peu de repos. Elle déboucha une bouteille de rosé et s'installa dans son fauteuil de lecture avec un roman policier commencé la veille.

*

*Pas d'ascenseur dans l'immeuble. Tu dois t'appesantir dans un escalier aux marches fatiguées, longer des murs qui exsudent une misère sale et anonyme.*

*

Juliette posa sa tasse fumante sur la table et consulta les nouvelles du jour. Les brèves planétaires ne l'intéressaient pas, mais elle scruta la section des incidents orbitaux. Si quelque chose se produisait sur la station où Xavier menait sa retraite corporative, c'est là qu'elle l'apprendrait. Elle fut soulagée de ne trouver qu'un filet à propos d'une défaillance mineure sur une navette en partance de la Nouvelle République de Sino-Russie. Rien qui concernait son époux. Elle se demanda s'il pensait à elle.

Le soleil déjà cuisant projetait ses rayons dans la salle à manger et dessinait en ombres une version allongée de la table. Il y aurait encore canicule aujourd'hui. Juliette prit une gorgée de son café matinal, en apprécia l'amertume. Aurait-elle le courage d'affronter ce qui l'attendait dans la cave ?

*Ce serait plus facile si quelqu'un t'accompagnait dans cette épreuve...*

À qui pourrait-elle demander de l'aide ? Son père, son conjoint, sa fille ? Même s'ils étaient disponibles, aucun d'entre eux n'avait touché au nexus : ils ne pouvaient pas comprendre.

Juliette bâilla. Elle avait passé la nuit à se tourner entre les couvertures collantes de son lit, à tâter l'oreiller trop frais et trop lisse de Xavier, à essayer de déchiffrer les heures fuyantes sur l'écran éblouissant de son téléphone. À imaginer dans le silence de la maison endormie le ronronnement du nexus.

Une fois la tasse vide, elle fut tentée de s'en préparer une autre, mais se rappela ce qui lui arrivait lorsqu'elle buvait trop de caféine. Juliette se leva et commença plutôt ses étirements quotidiens, qui ne manquaient jamais de lui redonner énergie et souplesse.

Elle posa sa paume sur sa nuque à la hauteur de son tatouage animé, tira son coude de sa main opposée et maintint la tension. Le papillon bleu dessiné dans sa chair datait de son dix-huitième anniversaire : une de ses premières décisions d'adulte, pour symboliser un renouveau dans sa vie et célébrer sa résolution de couper les ponts avec sa mère, dont la dépendance au nexus la propulsait déjà dans la déchéance.

*Tu craignais de te faire toi aussi happer par l'appel du vide.*

La rupture avait été éprouvante même si elle ne lui parlait presque plus, et avait forcé Juliette à surmonter sa peur de l'abandon. Une peur doublement irrationnelle, d'abord parce qu'elle était l'instigatrice de ce reniement, et aussi parce que sa mère l'avait de toute façon déjà abandonnée.

Lorraine venait de perdre son emploi quand Juliette l'avait effacée de sa vie. Elle réalisa qu'elle ne se souvenait plus du métier de sa mère. Enfant, elle la regardait partir chaque matin en tailleur, le visage dissimulé derrière un maquillage impeccable qui accentuait ses traits délicats. Lorraine faisait beaucoup plus d'argent que Colin et le dilapidait dans des plaisirs faciles et immédiats. Elle avait été dans les premières à rejoindre le collectif du nexus, produit de luxe à la lisière de la légalité, avant que les effets nocifs sur ses utilisateurs ne soient démontrés.

Juliette répéta la posture avec son autre bras, attentive au tiraillement dans ses muscles. Ses parents étaient déjà divorcés quand elle avait commencé la petite école. L'enfance de Juliette, avant que son père ne gagne sa garde complète, avait été marquée par la valse des déménagements, son orbite l'amenant chaque semaine autour de l'un ou l'autre de ses domiciles. Chez Colin, elle suivait une routine prévisible et stricte; sa mère était beaucoup plus laxe, et Juliette obtenait chez elle tout ce qu'elle désirait, tant que ça n'exigeait pas trop de temps à Lorraine. Les samedis soir, sa mère l'abandonnait parfois devant la télévision interactive pour aller fêter avec des inconnus. Elle revenait ivre et titubait en gloussant jusqu'à son lit, souvent accompagnée. Au matin, elle demandait à sa fille d'une voix traînante ce qu'elle pouvait lui acheter pour se faire pardonner.

Treize, c'était le nombre d'années pendant lesquelles Juliette avait vécu libérée des frasques de sa mère. Elle n'avait repris contact avec Lorraine qu'après la naissance d'Inès, parce qu'elle pouvait imaginer la douleur qu'un parent peut ressentir lorsque son enfant le reniait. Prudente, elle avait néanmoins décidé de s'en tenir aux appels audios et au partage d'holographies de la petite. Lorraine n'avait jamais vu sa petite-fille en personne.

*

*Les immondices s'empilent dans chaque recoin du minuscule logement. La chaleur y est oppressante. Prudente, tu navigues dans cette mer de détritus jusqu'à la chambre à coucher, où la dépouille de Lorraine a été découverte.*

*

Une fois le cycle de lavage terminé, Juliette prit une poignée de vêtements propres et la transféra dans le compartiment de séchage. Elle reconnut dans la boule de tissus humides un pantalon de Xavier, un de ses t-shirts d'intérieur et une petite culotte d'Inès.

Quelques mois plus tôt, sa fille lui avait demandé de faire son lavage elle-même. Une tâche de moins dans ses corvées ménagères ! Juliette avait vite déchanté, pourtant. Inès ne cherchait pas vraiment à s'occuper de sa lessive, elle voulait que sa mère cesse de le faire pour elle. Ainsi, les habits souillés s'accumulaient sur le plancher de la chambre de sa fille, et les effluves qui en émanaient étaient une source constante de conflit. Inès allait-elle s'emporter à son retour en réalisant que son antre avait été dépouillé de son couvert malodorant ?

*Peut-être sera-t-elle fâchée, mais elle ne t'empêchera jamais d'être là pour elle.*

Juliette configura un assèchement maximal, chargea une nouvelle brassée dans le compartiment de lavage et laissa l'appareil regagner son coin, près de la prise d'alimentation électrique. Puis elle s'installa au salon pour vérifier sur son téléphone si Inès lui avait répondu. Ce n'était pas le cas, et elle écarta l'idée de la relancer. La communication avec sa fille était bien difficile depuis quelques années : Juliette en venait à regretter l'espace interstitiel du nexus, où tous les échanges étaient faciles, instantanés, naturels. Où les pensées fusionnées pouvaient s'épanouir.

*Coexistence – superposition – communion.*

Elle n'avait jamais rejoint le collectif, cet amalgame des esprits de tous les utilisateurs du nexus. De toute façon, il avait depuis longtemps été démantelé par les gouvernements, qui cherchaient à enrayer l'épidémie de problèmes neurologiques causés par cette technologie.

Si elle savait, Inès, si elle savait... Comment son sourire égayait ses jours, mais aussi comment son absence la déchirait. Comment la vie hors du nexus, même après toutes ces années, pouvait parfois paraître terne et fade et vide.

*Et comment le remémo pourrait insuffler du relief à ton univers.*

Juliette soupira, regarda l'heure. Pas tout à fait midi. Encore trop tôt.

*

*Tous les rideaux sont tirés, des paupières fermées sur le monde. Incommodée par l'odeur de sueur qui imprègne les draps crasseux, tu t'enfonces dans la pénombre asphyxiante de la pièce.*

*

Vibration du téléphone, comme le grognement d'une bête somnolente. Juliette déposa la brosse dans la cuvette et retira ses gants pour consulter la nouvelle notification. La facture pour le service de débarras auquel elle avait fait appel pour gérer l'appartement de sa mère. Elle ne s'attendait pas à la recevoir un samedi après-midi. L'œuvre d'un employé zélé, peut-être ? Le montant était plus élevé que prévu, et elle repéra dans les détails un important extra pour « insalubrité des lieux ».

*Elle t'aura gâché la vie jusqu'à la toute fin…*

Juliette remit ses gants et activa la brosse, dont la tête reprit sa rotation. Elle réglerait la facture plus tard. Elle avait appris le décès de sa mère deux semaines plus tôt, par le propriétaire de Lorraine. Il l'avait appelée dès le départ des ambulanciers pour lui demander de vider l'appartement et de payer le loyer en souffrance.

Elle n'avait pas voulu déranger son père, qui venait tout juste de commencer sa croisière dans l'océan Arctique. Trop souvent avait-il dû régler les problèmes qui découlaient de l'insouciance de Lorraine : Juliette lui devait bien cela.

C'est Xavier qui avait eu l'idée du service de débarras. Elle avait néanmoins effectué une rapide visite dans l'appartement pour y récupérer ce qui pouvait avoir de la valeur. Un moment désagréable.

*Une part de toi erre encore dans l'air lourd et vicié de ce logement.*

Satisfaite de la propreté de la cuvette, Juliette remit la brosse sur sa charge, enleva ses gants et tira la chasse. Elle reprit son téléphone. 14 h 06. Le temps de s'ouvrir une bouteille.

*

*Le remémo à demi caché sous le lit t'évoque un crâne dénué d'orbites et de mâchoires. Tu remarques l'étiquette écornée qui orne sa surface : « 8ᵉ anniversaire de Juliette ».*

*

Elle y était, accroupie dans la fraîcheur de la cave. Le remémo de Lorraine l'attendait derrière une pile de boîtes de vêtements qui ne faisaient plus à Inès, à côté des bottes d'hiver qui servaient un peu moins longtemps chaque année.

Juliette effleura le plastique froid, glissa son doigt le long d'un coin arrondi. Un épais fil noir partait de la base du remémo et remontait jusqu'à un casque. Sa toute première expérience du nexus était imprégnée dans la mémoire numérique de l'appareil. Juliette n'avait pu se résoudre à laisser cette partie de son enfance se dégrader dans quelque dépotoir, au gré des intempéries.

Elle avait sept ans quand Lorraine s'était procuré un nexus. Sa mère passait toutes ses soirées branchée, oubliant parfois de mettre sa fille au lit. Seule dans sa chambre avec ses nombreux jouets, Juliette résistait au sommeil, bercée par les vibrations sourdes de l'appareil qui avait avalé sa mère.

*Le nexus, les remémos, c'était le futur. Un futur maintenant désuet. Vieux et dépassé.*

Juliette avait harcelé Lorraine pendant des mois pour qu'elle la laisse essayer l'imposante machine qui reposait dans l'ancien bureau de son père. Elle ressemblait à un œuf long de deux mètres, tout en courbes. Sa mère avait refusé, prétextant que le collectif n'était pas un endroit approprié pour une enfant. Elle avait raison.

Lorraine lui avait tout de même offert un casque pour son huitième anniversaire, afin qu'elles puissent faire ensemble l'expérience du nexus. Lorraine configurait toujours la machine en mode local lorsqu'elle l'utilisait avec elle. Un petit univers privé qu'elles avaient exploré, fondues l'une dans l'autre. Indissociables, complètes.

En plus du casque, Lorraine lui avait aussi acheté un remémo avec lequel elle avait capté la première séance de Juliette. L'intensité de l'expérience qui l'avait transfigurée résidait encore dans ces circuits intégrés, des décennies plus tard, prête à être vécue à nouveau. À l'identique. Juliette pensait ce remémo disparu depuis longtemps. Lorraine devait l'avoir transporté d'un appartement minable à un autre, même après s'être départie de la majorité de ses avoirs.

*Traînait-elle ce boulet pour maintenir un lien avec toi ? Ou pour satisfaire sa dépendance ?*

La sonnette de la porte d'entrée résonna. Juliette se releva, considéra le remémo à ses pieds et se dirigea vers l'escalier.

*

*Tu sors de l'appartement avec l'impression de suffoquer. Tu t'élances dans l'escalier et perds vite le compte des étages. Le remémo est léger entre tes mains, même s'il contient tes derniers moments d'innocence.*

*

Dans la salle de bain, Juliette laissa tomber quelques gouttes de savon concentré dans un seau avant de le placer sous le robinet. L'eau chaude tourbillonnait dans le contenant de plastique, formant des motifs turbulents entre les bulles, comme une multitude d'yeux qui la fixait. Elle repensa au regard froid du colporteur automatisé qu'elle venait d'éconduire.

Pouvait-elle se le permettre ? Se connecter au remémo, juste une fois. Rafraîchir ses souvenirs, revivre une part de son enfance. Faire à nouveau l'expérience de ce sentiment d'exultation et de liberté.

*Devenir ta mère, encore.*

Juliette arrêta le jet, souleva le seau et l'amena, haletante, à la vadrouilleuse. Du bout du pied, elle ouvrit le compartiment latéral, où elle déversa l'eau savonneuse. Elle activa la machine, qui s'élança dans le couloir en laissant derrière elle une trace humide qui embauma la maison d'une agréable fragrance d'agrumes.

Colin avait été furieux quand il avait appris que sa fille avait utilisé le nexus. Sa colère s'était muée en désarroi lorsqu'il avait dû gérer les crises de sevrage de Juliette. Des nuits entières à hurler dans ses oreillers, à supplier son père de lui permettre de se connecter une fois de plus. À désirer avec violence la dissolution de son esprit.

*Veux-tu revivre cela aussi ?*

La vadrouilleuse glissait vers la chambre d'Inès dans un chuintement discret. Juliette revint à la cuisine, où sa coupe l'attendait. Colin n'avait eu aucune difficulté à obtenir la garde complète de sa fille. Sa mère, à partir de ce moment, s'était peu à peu effacée, manquait les rendez-vous qu'elle donnait à Juliette, ne retournait pas ses appels. Avec les années, elle s'était peu à peu transformée en étrangère.

*Cette menteuse t'a abandonnée, ne l'oublie jamais.*

De ses quelques expériences avec le nexus, Juliette se souvenait d'une Lorraine qui irradiait à son égard un amour qu'elle savait honnête et véritable, mais pouvait-elle se fier à sa mémoire ?

Peut-être n'était-ce qu'une fabrication de son esprit, un artifice inconsciemment déployé pour rassembler son enfance en lambeaux, pour combler un vide qu'elle ne pouvait pas accepter ?

Juliette remplit sa coupe à ras bord avant de se lancer dans la préparation de son souper.

*

*Tu t'effondres dans l'habitacle. La voiture décolle et s'élance sur le chemin du retour. À travers le kaléidoscope de tes larmes, le remémo t'accompagne en silence sur le siège du conducteur.*

*

Juliette se tourna dans son lit, avisa l'heure sur son téléphone : 21 h 37. Elle n'avait l'intention que de rester étendue quelques minutes, mais elle avait dormi presque trois heures.

Alors que ses yeux s'habituaient à la pénombre de la pièce, Juliette revisita le rêve dont elle venait d'émerger. Elle y explorait le nexus seule, ce qui ne s'était en fait jamais produit. L'expérience avait été aussi singulière que déplaisante.

*Tu cherches ton souffle pour crier mais tu hurles déjà — et c'est lui qui te trouve lancinant — autour de toi partout tes visages déformés par la caresse du néant sous ta peau plurielle — fracturée fractale tu existes hors de chacun de tes doubles télescopés — tu es la somme éparpillée de tes fragments et dans le reflet de cette foule immuable tu es seule — encore seule.*

Juliette expira profondément. Elle se redressa dans le lit, sans toutefois trouver le courage de se lever. Son regard s'attarda sur les cadres holographiques qui ornaient sa commode. Des photos de famille y défilaient au hasard, à intervalles irréguliers. Xavier et elle, le matin de leur mariage. Le premier jour de classe d'Inès. Eux trois, attablés à la veille d'un Noël récent. Puis un autre cliché, beaucoup plus ancien, présentant une Juliette adolescente qui faisait la moue alors qu'elle posait avec son père souriant. Il avait encore des cheveux, à l'époque. Ce devait être une de ces vieilles photographies conservées par Colin. Il les avait retrouvées lors du grand ménage qu'il avait effectué en prévision de sa croisière, et lui en avait offert des copies numérisées. Ce ménage longtemps repoussé avait été son premier projet de retraite. Son père y avait consacré près d'un mois, au terme duquel il avait vidé la moitié des pièces de sa maison et concentré ses souvenirs dans une vingtaine de boîtes méticuleusement étiquetées.

*Comme s'il se préparait à te quitter pour toujours…*

Juliette s'étira. Elle pourrait commencer un autre roman policier, ou peut-être s'attaquer au lavage des fenêtres qu'elle repoussait depuis des semaines. Une soudaine vague de fatigue la submergea, et elle s'enfouit à nouveau entre ses couvertures sans prendre la peine de se déshabiller.

*

*À ton arrivée, tu caches le remémo dans le fond de la cave. Tu résistes à l'appel des souvenirs stagnants et remontes l'escalier à la hâte. Tu éteins derrière toi, la bouche sèche.*

*

2 h 10. Juliette n'avait plus sommeil.

Dans l'obscurité, la maison vibrait sous l'inaction de son unique occupante. Juliette errait dans les couloirs, guidée par les sons qui habitaient le silence. Le sillement du système électrique sous tension. Le souffle paresseux de l'air climatisé, les craquements de la charpente gonflée par l'humidité.

L'écho des battements de son cœur la mena à l'armoire à vin, dans le coin de la salle à manger. Sans allumer, elle prit une bouteille au hasard, trouva le tire-bouchon. Une torsion du poignet, puis une autre. Un tourbillon de mauvaises décisions qui creusait le liège synthétique et emportait Juliette dans des ténèbres taniques. Elle se versa une coupe généreuse.

*Tu ne peux pas continuer ainsi.*

Juliette reprit son errance dans sa maison, en traversa les pièces immaculées. Un ordre sur lequel elle avait le contrôle.

Elle s'arrêta devant la porte de la cave et prit une longue lampée avant d'ouvrir. Elle essuya le vin qui ruisselait sur son menton, puis descendit l'escalier.

Juliette s'agenouilla sur le ciment froid devant le remémo et déposa sa coupe à côté d'elle. Elle activa la machine, qui s'éveilla dans un ronronnement familier, similaire à celui du nexus. Si elle se coiffait de ce casque, elle pourrait revenir à un moment où sa vie avait un sens, où elle était heureuse.

*L'étais-tu ? Ne l'es-tu pas ?*

Elle pourrait renouer avec sa mère. Pas avec la loque qu'elle était devenue, mais avec celle qu'elle avait aimée de tout son être. Sa véritable mère, celle qui ne l'avait jamais abandonnée.

Juliette saisit le casque, remarqua à quel point il était cabossé et couvert d'égratignures. À l'intérieur, une couche de crasse obstruait les connecteurs, autour desquels quelques mèches de cheveux cassés s'étaient entortillées. Elle pouvait revivre ce moment.

*Et c'est Inès qui devra payer le prix de ta faiblesse.*

Comme à regret, Juliette déposa le casque. Elle reprit sa coupe de vin, fut tentée de la porter à ses lèvres. Elle soupira, puis versa le liquide sur le remémo.

L'appareil gronda, émit quelques flammèches.

Et se tut.

# REVUES CULTURELLES QUÉBÉCOISES

ARTS DE LA SCÈNE   ARTS VISUELS   CINÉMA
CRÉATION LITTÉRAIRE   CULTURE ET SOCIÉTÉ
HISTOIRE ET PATRIMOINE   LITTÉRATURE
MUSIQUE   THÉORIES ET ANALYSES

**Michèle Laframboise** saupoudre du café dans son jardin, court des demi-marathons et écrit à temps plein à Mississauga, en Ontario. Fascinée par la nature depuis qu'elle peut marcher, Michèle crée des histoires bourrées d'humour et d'invention. Avec des mots ou des images, elle entraîne ses lecteurs dans des mondes empreints de poésie, peuplés de personnages attachants. Elle compte à son actif plus de 80 nouvelles publiées, 14 BD et 19 romans. Découvrez ses livres à michele-laframboise.com.

# La concierge, l'Alpha et la Cigale

## Michèle Laframboise

Un long couloir se déroule, une grande courbe qui sent le métal, l'huile à moteur et le plastique brûlé.

Brûlé ?

Si, des flammèches comme celles dans une fête d'enfants se disputent la surface d'un pupitre de contrôle. Leur lumière capricieuse révèle, cordés comme des bouteilles de bon vin – le meilleur de l'humanité on espère –, des sarcophages qui s'éloignent dans l'obscurité.

À droite du pupitre, une porte, fermée, avec un hublot et une mention *Do not open*.

Un ronronnement de moteur électrique, accompagné de tintements de métal, se rapproche. Le faisceau bleuté d'un phare DEL balaie les sarcophages, puis le pupitre farci d'inquiétantes étincelles.

Une moto ovoïde freine, ses trois roues gravent une marque en S sur le plancher. L'arrêt brusque secoue la caisse accrochée à l'avant, pleine de petits outils qui s'entrechoquent.

Une femme à la crinière grisonnante serre les guidons entre ses mains gantées, le prénom *Eugénie* imprimé sur sa blouse vert lime. Ses lèvres et sourcils plissés ne laissent planer aucun doute sur son humeur.

— Hé, l'Incroyable Andouille, t'aurais pu sonner l'alerte !

Seul le son velouté des flammèches qui lèchent le pupitre lui répond.

Eugénie farfouille dans la caisse et saisit une saucisse métallique. Elle pointe l'embout sur le pupitre électrisé. Une *pschiiiit* apaise les flammèches. Pour faire bonne mesure, Eugénie asperge aussi le plancher et le mur autour.

— Tu ne réponds pas, mon chou ? demande-t-elle avec une voix faussement joviale. Me semble que c'est toé le cerveau de cette baraque !

Toujours assise dans la moto, dont la coque recouvre le bas de son corps, elle tape le rebord du pupitre noirci et manipule les manettes. Un écran apparaît, un rectangle noir piqueté d'étoiles immobiles.

Eugénie sort son stylo-diagnostic, qu'elle promène sur le pupitre. Deux témoins lumineux lui font des clins d'œil. D'ennuyée, son expression passe à la colère.

— Maudite marde ! Je l'savais que mettre nos vies entre les pattes d'un trillionnaire, c'tait pas l'idée du siècle !

Concentrée sur le pupitre, elle ne remarque pas un sarcophage qui s'ouvre comme une boîte de sardines : la vitre s'enroule sur elle-même.

Par contre, un long bâillement la fait se retourner, à temps pour voir un grand corps malade se déplier. Malade parce que le colon se penche violemment de côté pour vomir. Eugénie recule vivement sa moto pour éviter un jet d'acide stomacal.

— Eh, qu'on a fêté fort hier soir, qu'il râle. Maudite boisson !

Le jeune homme, qui traîne des tuyaux d'alimentation derrière lui, ennuie Eugénie.

— Ah ouain ? dit-elle. J'ai des nouvelles pour toi mon ti-pit ! Ton hier, c'était 284 ans et huit mois plus tôt.

Le colon se lève, les tubes se décrochant par eux-mêmes. On voit qu'il est bien bâti, avec un tatouage de sirène sur le biceps gauche. Et de bonne humeur.

— Yess ! s'écrie-t-il. On est arrivés ! On va repartir du bon *pieeeed !* chantonne-t-il en imitant une vedette morte depuis longtemps.

Il regarde autour de lui. Les autres sarcophages sont fermés. Il fronce ses épais sourcils.

— Pourquoi c'est juste moi qui suis *deboutte* ?

Il s'approche du pupitre, et observe le champ d'étoiles.

— J'espère que la vitre est solide.

Eugénie se croise les bras.

— Y a pas de vitre de verre ici. C't'un écran qui reconstitue le paysage devant.

— Coudonc, y est où, not' nouveau monde ?

Eugénie prend une grande respiration pour se calmer.

— Elle est pas là, ta Terre deux, mon pit.

— Ben, on est où donc ?

— Ouaip. T'as dû manquer la soirée d'instructions parce que là, la Terre numéro deux est à quinze années-lumière de nous. Étant donné qu'on voyage à point deux $c$, ça fait…

— C'est quoi $c$ ? interrompt-il.

— Vitesse de la lumière ! Coudonc, j'pensais que vous étiez triés sur le volet pour construire l'humanité 2.0 !

Le jeune colon s'accote sur le rebord d'un sarcophage intact, ses yeux parcourant la femme aux cheveux gris.

— Ben mets-en qu'on a été triés ! Nos épreuves de sélection ont été diffusées su'tous les réseaux à part de t'ça. En 26 langues ! T'aurais dû voir les cotes d'écoute de *L'Île de la Peur*, chose ! On a pété tous les records !

Il inspire, bombant le torse.

— De toute façon, j'ai-tu besoin d'un cerveau d'encyclopédie quand je peux *toutte* trouver sur la Toile ?

Eugénie se pince la racine du nez.

— Tu dois être un reproducteur, marmonne-t-elle.

Le jeune colon la regarde, son expression devenue renfrognée.

— Heille, z'êtes qui vous pour me parler d'même, ma tante ? Vous saurez qu'on a été sélectionnés par le grand Bez lui-même pour la première vague. On est *touttes* des Alpha, icitte, pis Bez c'est le meilleur cerveau de la planète !

— Ouain, ben ça fait longtemps qu'il est mort, ton sponsor !

— Non, y partait avec la deuxième vague. C'est ce qu'y a dit.

Eugénie frappe la console du plat de sa main.

— Dans un vaisseau de meilleure qualité, je gage.

Une voix, ténue, haut perchée, s'élève depuis la courbe du couloir.

— Allô-o ? Y a-tu quelqu'un ?

Eugénie jette un regard vers les deux voyants qui clignotent.

— Quins ! L'autre lumière qui arrive, murmure-t-elle.

De l'obscurité se détache une silhouette, son dos ployé sous le découragement. Elle traîne les pieds, et le chuintement de ses chaussons fait un contrepoint à ses appels.

La jeune femme aurait été radieuse en temps normal. Ses cheveux bruns dévalent ses épaules en vagues qui retiennent aussitôt le bateau du colon Alpha.

L'image caricaturée d'une cigale en tutu orne le devant de sa camisole.

— Ah, enfin, quelqu'un ! s'écrie la nouvelle venue.

Elle regarde autour d'elle, surprise.

— Pourquoi personne d'autre n'est réveillé ?

Eugénie montre la console noircie, avec ses deux voyants qui clignotent.

— Parce qu'il y a eu un petit incendie, et que vos sarcophages sont tombés en panne.

— Oh non ! On peut les réparer ?

Eugénie montre le plafond du pouce.

— J'aimerais bien, mais avec Sa Majesté l'Andouille Première qui boude, y a que moi.

Le jeune Alpha croise ses bras, ce qui met sa musculature en évidence.

— Pis vous, ma tante, qu'est-ce que vous faites icitte ? Z'avez pas l'air d'avoir passé les épreuves de sélection !

— Contente que tu me le demandes, mon pit ! Je suis pas ta tante, mais la concierge de cette baraque. Ça prend ben quelqu'un pour vérifier que tout baigne pendant que tu dors. Enfin, toi pis les trois mille autres *colons*.

Le ton de sa voix suggère une différente interprétation du terme *colons*, mais l'Alpha ne le remarque pas.

— Ben, y a pas des robots pour ça ?

Eugénie écarte les bras.

— T'en vois-tu des bots ? Ben non y'en a pas ! Pis Sa Majesté Andy56, l'Incroyable Andouille, fait la grève. Ou bien il s'est fait cartonner par un astéroïde. Ça fait qu'y a rien que moi.

La femme-cigale, qui vient de noter les cheveux gris d'Eugénie, aspire brusquement.

— Mais, si vous êtes une concierge, ça veut dire que vous vieillissez en temps réel !

— Panique pas, c'est mon contrat de passer ma vie dans un gros beigne enfilé autour d'un cigare avec deux propulseurs au bout. C'est mieux que de crever dans la rue.

— C'est plutôt moche comme contrat, dit l'Alpha.

Il tire un gilet noir d'un sac de voyage et l'enfile.

— Pas aussi grave que tu penses, explique Eugénie. Je veille une petite fraction du temps de voyage. Oui, je prends un coup de vieux, mais je devrais durer jusqu'à notre arrivée. Enfin, si on arrive à la bonne place !

Le gilet du colon est tellement sombre qu'il ne renvoie aucun reflet.

— Wow, le t-shirt, s'exclame la femme-cigale.

— C'est un modèle trou noir ? demande Eugénie.

— Ç'un cadeau du sponsor pour ma victoire sur *L'Île de la Peur*, qui m'a valu mon billet icitte.

La jeune femme se penche très près du tissu.

— C'est comme si t'étais invisible.

L'Alpha se remplume.

— Ça, ma belle, c't'un noir *vanta* qui absorbe 99,95% de la lumière.

Eugénie marmonne entre ses dents.

— Faudrait juste que ça te couvre complètement…

Elle roule vers la porte *Do not enter*, près des sarcophages. Elle consulte un petit tableau de bord dont l'écran colore son visage en jaune. Elle appelle à mi-voix.

— Andouille, j'aurais ben besoin de toé, là. T'es le seul à qui je peux parler.

Pendant son monologue, la jeune femme-cigale s'approche du colon Alpha, qui la toise.

— Heille, j'me souviens pas de toi au party de lancement, dit-il. T'étais dans quelle équipe ? Celle de *L'Île de l'Amour* ?

Sa tentative de séduction frappe un récif, car elle soupire, les yeux au plafond.

— J'pense qu'on n'était pas dans le même groupe.

— Ben t'as passé des épreuves pour être icitte, certain !

— Des examens, oui.

— Pour voir si tu peux faire des petits en santé ! Super-important !

Le visage de la jeune femme se trouble.

— Ben, oui, je sais, mais j'ai aussi une spécialité en agriculture. Le vaisseau transporte toutes sortes de graines…

L'Alpha pouffe.

— Des graines, ouais, c'est ça !

La femme-cigale fixe le sol et croise ses bras très fort, un X qui barre sa poitrine pendant qu'Eugénie soupire : « Ouain, un re-producteur… »

— J'ai satisfait *toutes* les demandes, dit la Cigale, en appuyant sur le mot *toutes*.

Eugénie se rapproche, son air courroucé dessinant un laby-rinthe sur son front.

— OK, le *smatte*, surveille donc la console pendant que je vais inspecter le lit de la p'tite.

Les deux s'éloignent pendant que l'Alpha farfouille dans son sarcophage ouvert. Il trouve vite ce qu'il cherche, un casque de réalité virtuelle rouge cerise dont l'arrondi n'est brisé que par une bosse dans le métal. Il s'en coiffe, et on entend une musique tonitruante en sourdine.

— *Yess*, les piles ont résisté !

*

Eugénie roule entre les rangées de sarcophages, suivant la courbe du couloir avec des portes et des trappes à intervalles réguliers. La jeune femme marche, une main appuyée sur la coque du véhicule. Ses épaules abaissées tiraillent la curiosité de la concierge.

— T'as pas l'air dans ton assiette, la p'tite.

Celle-ci renifle. N'ose pas regarder Eugénie. Quand elle parle, il y a des pauses entre ses phrases.

— J'ai juste un peu mal au ventre. C'est rien, ajoute-t-elle.

Ce *rien* murmuré tout bas se gonfle pour remplir le corridor d'une misère innommée. Eugénie, pourtant une bavarde de premier ordre avec l'Increvable Andouille, reste muette, incapable de percer la bulle de silence.

Le corridor tourne, tourne, et les deux voyageuses s'arrêtent au pied d'un lit vide, la canopée roulée en boîte à sardines.

La jeune femme s'y assoit et croise ses mains par-dessus son ventre avec une grimace. Eugénie penche son buste hors de son véhicule, comme si elle pouvait serrer la triste voyageuse dans ses bras. Elle se reprend.

— Je vais examiner ton lit, dit-elle.

La concierge triture le tableau de bord à sa portée. Ses instruments cliquètent. En travaillant, elle chantonne l'air de *Ma-vie-c'est-d'la-marde* (sur un ton plutôt jouissif), quand un sanglot étouffé ajoute une fausse note au refrain.

— Qu'est-ce qu'il y a ? demande-t-elle. C'pas juste un mal de ventre, là.

— J'ai, j'ai peur. Ma vie, a changé, si vite… J'aime pas en parler.

Le regard d'Eugénie tombe sur les mains pâles de la femme posées sur son abdomen légèrement bombé. Dans son cerveau ça fait *deux plus deux égale quatre*, ou encore mieux :

*La Cigale ayant chanté tout l'été se trouva fort dépourvue quand la bise fut venue.*

— Est-ce que… euh, tu es…

La Cigale lève les yeux et hoche lentement la tête. Eugénie se mord les lèvres.

— Y sont pas supposés vous envoyer en suspension quand…

— J'le savais pas quand j'ai appliqué. C'est-tu pour ça que mon sarcophage s'est ouvert ? C'tu de ma faute ?

Le hoquet dans sa voix accroche Eugénie.

— Non, non, aucun rapport. C'est juste que le sous-traitant du grand Bez a fourni des équipements de qualité moyenne. Il a empoché la différence.

La concierge regarde encore le plafond.

— Puis Sa Majesté l'Impayable Andouille, qui pourrait m'aider, s'est offert une panne. Une chance que les sarcophages dépendent d'un autre système.

Elle reporte son attention sous le dessin de la cigale.

— Veux-tu le garder ? Tsé, on a une galerie médicale complète à bord.

La jeune femme ramène les mains sur son ventre.

— C'est tout ce qui me reste de mon chum. J'ai toujours voulu des enfants… j'ai juste pris de l'avance.

— Ouais. Des fois, la vie c'est de la marde…

Elles parcourent la circonférence de l'anneau. Le colon Alpha danse casqué, près de la porte *Do not enter*. Sa main accroche un panneau de contrôle à droite. La bande de voyants s'allume. Le lourd battant de métal commence à glisser de côté. Eugénie roule en vitesse, tasse le garçon d'une main et pitonne sur la barre de l'autre.

La porte se referme. Eugénie gonfle ses joues et expire une immense « poumonée » de soulagement. Inconscient, le jeune Alpha continue de danser et de chantonner sur un air mort depuis longtemps.

— A's'par-fume à thé-ré-ben-tine, a cou-raille la rue Sainte-Cath'rine, qui, ça ?…

La Cigale tape sur le casque.

— Heille, réveille-toé !

L'Alpha enlève son casque et le lance sur le matelas de son sarcophage.

— Ben quoi ?

Eugénie pointe du doigt la porte.

— C'est pas marqué *Do not enter* pour rien. Ça, c't'un sas de secours, pis de l'autre côté, c'est le vide. Du *viiiii*de, j'ai-tu besoin de te l'expliquer ?

Il se croise les bras, vexé.

— Bon ben oui *jeul'*sais ! Bon, quand est-ce qu'on peut retourner se coucher ?

— Mon pit, je ne suis pas sûre que vos sarcophages soient en état.

— Y paraît que la qualité est déficiente, dit la femme-cigale.

— Déficiente ? répète l'Alpha. Ça se peut pas ! On est les plus *hot*, le Bez pis ses tech *bros* ont mis le paquet su'not' carrosse ! Les gouvernements aussi, notre beau grand Canada, les States…

Eugénie lève les yeux au plafond comme si l'intelligence du vaisseau pouvait lui répondre.

— Payer cher n'est pas garant de qualité, mon pit. (Elle tape sur le tableau noirci de la console.) J'pense que les gouvernements ont rempli les poches du Bez et des autres gorlots, pis les intermédiaires en ont profité, en chargeant un million pour chaque boulon, genre.

La Cigale, horrifiée, fixe la concierge.

— Y'ont pas pris notre sécurité au sérieux ? Mais, tout ce vaisseau…

— Mettons qu'ils distribuent leurs risques, explique Eugénie. Ils parient sur plusieurs chevaux. On n'est pas les seuls lancés comme des confettis dans l'espace.

L'Alpha se croise les bras, une position qu'il semble affectionner.

— Le Bez a dit que ses adversaires sont rien que des guenilles, des élites bonnes à rien !

— En effet, répond Eugénie. Ton M'sieur Bez ne voulait pas d'élitisme dans la sélection des candidats.

— Selon lui, un mélange de population offre les meilleures chances de succès, dit la Cigale d'une voix ténue.

— Ouais, mais j'suis pas sûre que ça va marcher, son affaire.

Une quatrième voix les interrompt.

*Miaaaw !*

— Whaaat ? C'est qui le zozo qui a amené un chat icitte ?

Une adorable boule de fourrure tigrée bondit sur le capot du véhicule d'Eugénie, qui l'attrape.

— C'est moi, dit Eugénie, en flattant l'animal qui ronronne aussitôt. Parce que c'est plutôt solitaire comme travail, ça fait que La Poune me tient compagnie.

— Elle est mignonne, dit la Cigale, qui sourit pour la première fois.

— Ça prend d'l'oxygène, pis ça va déféquer partout !

— T'es allergique au poil de chat ? demande Eugénie.

— Pantoute ! s'écrie l'Alpha en tranchant l'air de ses bras. Mais sur l'Île de la Peur j'ai vu *touttes* les films d'horreur, pis un chat à bord, ça me donne la chair de poule !

— La Poune est propre, dit la concierge. Pis elle dort dans mon sarcophage.

— Votre sarcophage ? demande la Cigale. Vous en avez un ?

Eugénie tape le côté de son véhicule. Un cockpit transparent se déploie, deux moitiés qui se rejoignent. Ses lèvres remuent, mais on ne l'entend pas tellement c'est hermétique. Elle rabat le cockpit.

— Je dors dedans. Toutes mes fonctions au minimum.

L'Alpha hausse les épaules.

— Ouais, ben, quand est-ce qu'on arrive, ma tante ? Z'avez pas parlé de quinze années t'à l'heure ?

— Quinze années-lumière, le zouf ! Ça donne qu'on arrive dans 510 ans, à peu près.

— Euuh ?

— En calculant l'accélération, la décélération…

La femme-cigale couvre son visage avec ses mains.

— Aaah, non ! Même mon enfant vivra pas jusque là…

Elle se laisse lentement tomber, genoux pliés, au pied de la porte marquée *Do not enter*. L'Alpha se tourne vers elle, la surprise relevant ses sourcils.

— Ton, ton enfant ? J'pensais qu'on était tous célibataires, là !

— Je suis célibataire, mais…

— T'as pas pris de précautions ? Heille, sur *L'Île de l'Amour*, les filles apprenaient…

Elle l'interrompt.

— Je le savais pas, OK ? dit-elle. Mon chum non plus ! C'est un doc qui me l'a révélé pendant mes derniers tests de sélection. Mais, j'voulais tellement partir. Fa qu'y en a profité…

Elle baisse la tête.

— Lui pis d'autres.

Le colon passe une main dans ses cheveux sombres.

— Ayoye. *J'chav*ais pas, là. Ils t'ont-tu fait mal, les maudits chiens sales ?

— Insulte pas les chiens. C'était juste… ben humiliant.

— Pis le père, là, yé pas venu avec toé ?

— Mon chum avait pogné une maladie à son travail. Il l'a appris trop tard. Poumons finis. Yé mort en me tenant la main, en me disant de partir.

Elle tapote son ventre.

— Ça fait que... lui ou elle, là-dedans, c'est tout ce qu'il me reste.

Elle renifle et ravale ses larmes pour lui répondre.

— *Quessé* que ça peut te faire, toi ? Je gage que t'aimes même pas les enfants !

Il ouvre la bouche pour répondre, mais son bagout habituel l'a quitté.

Alors, il se lève pour cueillir son casque, contournant Eugénie qui examine la console. Il se rassoit près de la Cigale, son dos à la porte du sas.

— Tsé, j'avais un p'tit frère à' maison. Ti-Paul.

Il tient le casque, avec une sorte de révérence, son pouce passant sur la fissure.

— Super-tannant, maudit qu'il me tombait sur les nerfs quand il me piquait mes affaires ! La *pok* ici sur mon casque, là, c'était lui... Pis là, ben (il avale), après trois cents ans, il est mort, mon Ti-Paul !

— Ça, dit la Cigale d'un ton radouci, nos familles le savaient, qu'on ne pourrait plus téléphoner à la maison...

Il regarde ses mains plaquées sur le casque violet.

— Je sais, mais là, j'peux pas m'empêcher de voir mon Ti-Paul devenu grand, pis un vieux, vieux Paul, tout chambranlant, pis...

Son visage se tord comme une serviette mouillée. Sa voix se tord aussi. Il prend une grande respiration pour se retenir de brailler, mais ça sort comme un râle.

Cette fois, c'est la Cigale qui tapote une épaule tremblante.

— Je suis sûre qu'il a eu des enfants, ton Ti-Paul. T'as peut-être plein d'arrière-arrière-arrière-petits-neveux et nièces !

— On est quasiment des aïeux...

Il avale une grosse gorgée de larmes de gars retenues par un barrage d'orgueil.

Les deux restent assis en silence pendant qu'Eugénie tricote avec ses instruments de diagnostic. Enfin, le jeune Alpha renifle.

— Tsé, ton petit, là... tu seras pas tu-seule pour l'élever. J'm'en vas t'aider. La matante concierge va réparer nos lits, pis on va se retrouver su'le nouveau monde...

*

Pendant qu'ils parlent, Eugénie consulte le tableau de bord du sarcophage du colon Alpha. On entend des petits clics et des crissements électriques. Elle se relève.

— Pis ? demande le jeune colon.

— Ton sarcophage est *kaput.* Comme le sien (elle montre la Cigale). Tu te couches dedans, c't'un lit normal. Tu le refermes, c't'un cercueil. Ça prendrait l'Andouille, qui est aux abonnés absents.

— Il doit y avoir des extras, propose l'Alpha. Comme une roue de secours.

— Oui, il y en a, mais ils sont tous occupés. Z'êtes pas les premiers à subir une avarie en moins de trois cents ans.

Le colon regarde la Cigale, toujours assise, mains sur son ventre. Il appuie ses poings sur le matelas de son sarcophage.

— Si tu peux pas réparer nos sarcophages, on va en trouver un qui fonctionne !

— Mais non, voyons, tu vas condamner un autre colon, s'écrie la Cigale.

— Qui parle d'un colon ?

Il attrape la concierge sous les aisselles.

— Heille, minute, là ! proteste cette dernière. C'pas une bonne idée pantoute !

Il essaie de tirer Eugénie vers le haut. La Cigale quitte sa prostration.

— Arrête, arrête !

— Mais j'fais ça pour toé !

La Cigale a pris les mains d'Eugénie, qui tente de la retenir. L'Alpha bande ses muscles pour soulever la concierge, qui lui paraît étrangement légère. Puis il s'interrompt, les yeux ronds.

— Y a pas de place ! C'est juste des tuyaux !

L'Alpha relâche Eugénie, qui retombe sur son siège avec un *ouf !* de soulagement.

— Ben oui mon pit, parce que j'ai pus d'jambes.

— Mon doux ! s'écrie la Cigale.

— Un accident en traversant la rue. J'ai passé toutes mes économies pour me ramasser icitte.

La Cigale s'agenouille devant la moto arrondie.

— Je suis désolée.

Pendant leur échange, le jeune Alpha cherche une nouvelle solution, ses yeux fixés sur les petites lumières qui n'ont pas arrêté de clignoter.

Et, malheureusement, il en trouve une.

— Ben d'abord, y a juste à choisir un lit fonctionnel, puis éjecter son occupant ! Toé pis ton *kid* z'allez avoir une chance d'arriver à bon port...

La jeune femme secoue la tête.

— J'veux pas imposer ça à quelqu'un !

Il étend une main sur la console.

— À ta place, j'ferais pas ça, mon pit !

Mais il n'écoute pas la concierge et pianote sur les touches.

— Bon, qui c'est qu'on réveille ? I-ni-mi-ni-ma-gi-mo...

Les lumières du couloir éclatent d'un rouge féroce, intense comme un coucher de soleil. Un arc électrique tombe du plafond et touche une main du colon. Celui-ci recule en grimaçant de douleur, une main aux doigts rougis plaquée contre son torse.

— AYOYE !

Une voix aussi affable qu'asexuée s'élève par-dessus son chapelet de sacres.

— Contact non autorisé détecté.

— Ça, ça veut dire *pas touche*, mon pit. T'es pas un concierge.

Eugénie écarte les bras, soudainement radieuse.

— Pis ça veut dire que Sa Majesté l'Ineffable Andouille, cerveau de l'Étherium-45 en route pour un avenir meilleur, vient enfin de se réveiller ! (Elle montre la console où clignotent les deux lumières.) Pis pourquoi ce long silence, l'Andouille ?

— Impact latéral d'un météore. Dégâts en cours de réparation.

— Ça tombe bien, ce mot *réparation*, Votre Majesté...

Des éclairs zèbrent le plancher en direction de l'Alpha. Son gilet noir parsemé de braises rouges qui fument, il recule contre la porte *Do not enter*.

— Ayoye ! Aïe ! Mais pourquoi ?

— Assaut contre le personnel enregistré. Expulsion en cours.

— Expulsion, qu'est-ce que ça veut dire ? demande la Cigale.

Elle a sa réponse quand la porte *Do not enter* glisse doucement en position ouverte. Derrière, il y a une autre porte avec un hublot, dans lequel se découpe un ciel plus noir que le t-shirt du jeune homme. Fuyant les étincelles, celui-ci trébuche sur le seuil et s'étale dans le sas.

— Ah non, s'écrie la jeune femme, faites pas ça, y voulait pas mal faire !

La porte *Do not enter* se ferme avec une lenteur cruelle sur le jeune colon tombé du mauvais côté. Avant que celle-ci se referme complètement, la Cigale se faufile dans l'étroite ouverture. Eugénie lâche un juron.

— Maudite marde ! Arrête, l'Andouille, tu vas éjecter une innocente !

Derrière le hublot, Eugénie fixe les visages de l'Alpha, yeux écarquillés, et de la Cigale, résolue. La concierge plaide leur cause.

— Pis lui, pour une fois dans sa petite vie, il a agi pour protéger quelqu'un d'autre. Ça te fait rien, espèce d'Insoutenable Andouille ?

La Poune se dandine jusqu'au pied de la porte et s'y accroupit.

— Toi aussi, t'es d'accord, han, La Poune ?

La barre de témoins rouges s'allume. La concierge ramasse un outil.

— Bon, aux grands maux, les grands moyens.

Eugénie brandit le tournevis vers le panneau. Mais zigonne, zigonne et re-zigonne, rien n'y fait. La barre de témoins aligne des points rouges inquiétants.

— Marde, dépressurisation en cours ! marmonne-t-elle. Andouille !

Elle s'active, se tord les doigts sur le manche du tournevis. Pour la première fois depuis presque trois cents ans, des larmes coulent sur ses joues.

D'un coup, la barre de témoins s'éteint.

— Je ne suis pas une Andouille, clame une voix. Je suis Andy56, cerveau de l'Étherium-45.

La porte intérieure du sas glisse en position ouverte, laissant débouler les jeunes gens qui s'y pressaient. Leurs mains sont crispées, doigts noués les uns aux autres.

— Ayoye, t'as fait ça pour moi… T'aurais pu crever, Lucie.

— Toi aussi, Armand, dit-elle.

Eugénie enregistre leurs prénoms, en même temps qu'une lueur nouvelle dans leurs yeux.

— Andy56, gronde-t-elle, tu nous as fait stresser comme des cinéphiles non avertis !

— Réparation des sarcophages en cours. Temps estimé, deux heures trente.

Eugénie prend la main intacte du jeune Armand.

— Parlant réparation, j'aime mieux éviter un autre drame, là. Andy56, ouvre-moi la suite médicale, qu'on désinfecte la main de monsieur Armand. Et après un petit souper aux chandelles électriques dans ma cantine, zou ! Les tourtereaux vont retourner roupiller jusqu'à la Terre numéro deux, qu'on espère en meilleur état que la numéro un !

*

Le calme revenu, la vaisselle rangée, les passagers à nouveau alités pour les cinq cent dix prochaines années, Eugénie s'installe pour sa propre sieste prolongée.

— Viens ici, ma Poune !

La chatte bondit sur le capot. Puis, elle se transforme en un moelleux coussin de poils gris appuyé contre le ventre de sa maîtresse. Bientôt, un ronronnement s'en élève, qui allume un sourire fatigué sur le visage d'Eugénie.

— Ouain, pas facile, la vie de concierge !

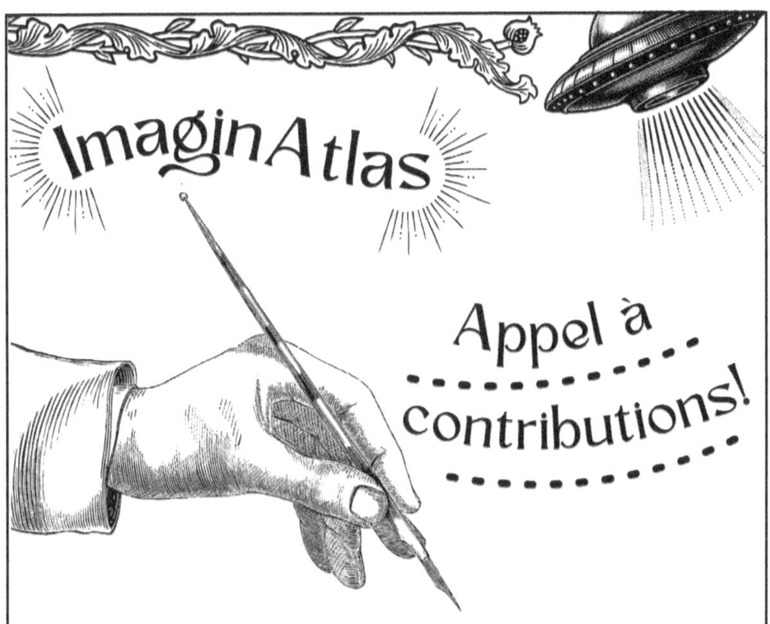


Êtes-vous passionné.e.s par la science-fiction et la fantasy? Cherchez-vous plus d'occasions pour vous impliquer dans des publications étudiantes? **Contribuez à ImaginAtlas!**

ImaginAtlas est un webzine bilingue géré par des étudiants qui propose des opinions, des critiques et des discussions couvrant tout ce qui concerne la SF/F. Nous vous invitons à nous transmettre, en tout temps, vos articles libres.* Il vous suffit de nous envoyer un courriel à <u>imaginatlas@gmail.com</u>.

**ImaginAtlas recherche également de nouveaux contributeur.e.s et chroniqueur.e.s pour rejoindre notre équipe!** Aucune expérience requise; il suffit d'avoir un intérêt marqué pour les littératures de l'imaginaire. Pour postuler, consultez notre site web pour obtenir plus d'informations sur le processus de candidature.

* VEUILLEZ NOTER QU'IMAGINATLAS NE PUBLIE PAS DE FICTION. IMAGINATLAS N'ACCEPTE PAS NON PLUS LES TEXTES GÉNÉRÉS PAR L'IA.

Nouvelliste, romancière, poète, et chercheure en sciences cognitives, **Marie-Catherine** compose dans tous les genres, et pour tous les genres.

Son actualité est constituée de *Cœurpol*, un roman post-apo sur la différence (Gephyre éditions, 2024) ; de « Revue », un slam fantastique (Éditions Malpertuis, 2025) ; et d'une série d'articles sur la réalité calculatoire de l'IA (dans *Les noix – magazine de littératures, arts, sciences molles et inhumaines*, bientôt en ligne). Et, bien sûr, la nouvelle « Europa II » pour *Brins d'éternité*.

# EUROPA II

MARIE-CATHERINE DANIEL

## Partie 1
## Projet Europa II
## (Les prédateurs humains)

## (17 septembre 2034)

*Loi fédérale française n°2034-187 du 10 juillet 2034, article 1
créée par la loi n°68-5 du 3 janvier 1968 – art. 1 JORF
4 janvier 1968*

*modifiée par la loi n°74-631 du 5 juillet 1974 – art. 1 JORF
7 juillet 1974*

*modifiée par la loi n°2028-7 du 2 janvier 2028 – art. 4
JOEFF 3 janvier 2028*

*La majorité légale des individus est fixée à quinze ans accomplis ;
à cet âge, chacun est capable d'exercer les droits dont il a la
jouissance et d'assumer ses devoirs.*

Jules est encore au commissariat, mais son transfert à la prison ne devrait plus tarder maintenant. C'est la première fois qu'il va aller en taule. Son crime ? S'être fait choper. Il en rage tellement qu'il a les larmes aux yeux. Putain, mais quel con, quel con ! Lui qui était si fier d'avoir visité tous les postes de police de Besac, et pas un seul ticket pour le grand trou ! Des menaces, bien sûr, quelques coups, mais les flics, c'est toujours lui qui les a baisés. Sauf là.

Pour une affaire d'honneur en plus. Un règlement de compte que même les geôliers approuveraient, s'ils faisaient pas semblant de ne pas comprendre.

Quand même, c'est pas lui qui conduisait la bagnole, ils peuvent pas dire que c'est lui qui l'a volée. Par contre, avec la nouvelle loi qui vient juste de passer, avoir quinze ans depuis deux mois, c'est la merde. Les droits des mineurs, il les connaît sur le bout des doigts, mais pour les majeurs, il avait pas encore pris le temps de se renseigner sérieusement. Mais y a pas de doute, ça va beaucoup moins rigoler.

Surtout que c'est lui qui tenait le couteau.

**(5 février 2027)**

### 3 février 2027, La Dépêche Européenne

*Le microsatellite sino-indien ZBT2 vient de détecter toute une gamme de textures spatiales qui correspondraient à plusieurs « dimensions » gravitationnelles du macro-espace de Calabi-Yau. En d'autres termes, les « chemins » empruntés par la force de gravité qui sous-tend tout l'univers sont enfin découverts ; ils forment des « plis » reliant les étoiles et autres objets astraux, indépendamment de la « ligne droite » suivie par la lumière. Ainsi, Alpha Monocerotis, étoile la plus brillante de la constellation de la Licorne, et distante de 144 années-lumière (al), se révèle à une distance « sous-plis » de seulement 2,1 al. Elle détrône sans conteste Proxima Centauri de son titre d'étoile la plus proche (4,2 al mais 122,6 sous-plis). Autre découverte, et non des moindres : les valeurs du paramètre vitesse/densité/masse autorisant la pénétration de ces plis sont facilement calculables, quelle que soit la texture rencontrée... et nos engins spatiaux actuels seraient d'ores et déjà aptes à se « glisser sous la lumière ». Un nouveau chapitre de l'exploration spatiale est en train de s'écrire !*

### 4 février 2027, La Dépêche Européenne

*Le gouvernement sino-indien vient d'annoncer qu'une sonde à destination de Alpha Monocerotis a été lancée le 27 septembre 2026. Cette date et un rapide recoupement d'informations montrent que ce lancement a été effectué sous couvert de la mise en orbite d'un Sat-NetTV-365. Il apparaît donc que les données captées par le microsatellite ZBT2 (cf. la Dépêche d'hier) impliquent bel et bien que l'Espace est désormais à la portée de l'Humanité. Mais une autre évidence est que cette avancée scientifique d'envergure a été dissimulée par les Sino-Indiens pendant de longs mois...*

Marie Legros, sous-directrice de la section « Asie » de la Direction Générale de la Sécurité Extérieure Européenne, exulte. L'information vient d'être divulguée à la machine à café : le grand patron est viré. La jeune cadre n'a eu aucun mal à afficher la tête désolée de circonstance, mais n'a pas pu résister bien longtemps à l'appel de la solitude de son bureau. Pour laisser libre cours à sa joie. Affalée dans son fauteuil – aux accoudoirs larges, mais pas encore en cuir –, ses pieds déchaussés et gainés de soie grège sur le bureau, elle pavoise.

Ramirez a été remercié. Qui va le remplacer ? Même si Kodjic, chef direct de Marie, n'a rien à se reprocher dans l'affaire du satellite sino-indien qui s'avère être une sonde extrasolaire, le scandale va forcément l'éclabousser. Pas question qu'il monte en grade. Et qui reste-t-il ? Inconnue du public, au courant des dossiers sino-indiens dans leurs moindres détails, ayant plus d'une fois tiré la sonnette d'alarme au bon moment – aux incompétents la bêtise de ne pas avoir entendu –, qui reste-t-il pour comprendre quelque chose à cette guerre froide officialisée hier ?

Marie Legros !

Le téléphone sonne.

— Allô, Madame Legros ? Niels van Hartman à l'appareil.

— Mes respects, Monsieur le Ministre.

*

**(27 janvier 2035)**

**Rapport
Projet Colonie
Sénateur W. Schoffer
décembre 2031 (mis à jour en décembre 2033)**

*[...]*

**2.1. Données technologiques**

*[...]*

• *La cryogénie est actuellement la seule option envisageable de transport sous-plis pour le matériel biologique. En ce qui concerne les humains, tous les cerveaux adultes ont développé une schizophrénie paranoïde grave et permanente au-delà de 13 jours (cf. CRE Cryogénie Humaine n°12) ; en revanche, jusqu'à l'âge d'environ 19 ans pour les garçons et 17 ans pour les filles, la cryogénie d'une durée supérieure à 6 mois est viable et sans séquelles invalidantes à 85% (cf. ibid.).*

*[...]*

Le procès de Jules est terminé. Son transfert au quartier haute sécurité – le fameux QHS – a eu lieu hier.

Ici, il a droit à une cellule individuelle. La classe ! Aux yeux de tous, on n'est plus un petit joueur, on est un homme, un « caïd » ! Un vrai, un dangereux ! Sûr que les potes l'ont appris et qu'ils lui envoient leurs respects. Sauf Karl, qui doit être vert de rage que Jules lui soit passé au-dessus question prestige. Et pas qu'un peu : vingt-deux ans de taule, ça en jette bien plus qu'être le chef d'un petit gang de quartier ! (Sa mère non plus n'apprécie pas, mais elle... Elle avait vraiment une sale tête au procès.)

Parce que non, a dit le juge, aucune circonstance atténuante : meurtre effectué par une personne majeure et saine d'esprit. À peine si le procureur a reconnu que Jules était en rogne et un peu pété au moment des faits. Mais ça ne compte pas quand il y a préméditation. (Ce qui est débile, mais allez expliquer aux robes pourpres que, quand il s'agit d'aller laver l'honneur des siens, faut surtout pas penser à comment on va le faire.)

Du coup, vingt-deux ans à disposer d'une cellule individuelle dans le quartier des « grands ». (Pas tant l'impression d'avoir grandi, mais ça va venir.) Enfin, s'il est sage, avec les remises de peine, il n'en profitera que quinze ans.

Mais quinze ans sans un couteau, quand on est le bleu du coin tant en âge qu'en expérience, ça va être dur de garder son honneur.

Va falloir ne rien dire, observer, obéir, en faire plus que demandé, filer doux mais pas trop, devenir indispensable sans que les caïds s'en rendent compte... puis monter en grade, comme une évidence.

Jules, ça le gonfle de devoir tout recommencer comme s'il avait dix ans. Mais il va pas baisser les bras et se laisser baiser : ça y est, il y est, dans la cour des grands, il a même une piaule pour lui tout seul. (Une piaule ? Ce bloc de béton peint couleur béton, tellement silencieux qu'on dirait une tombe ?) Un endroit tranquille pour réfléchir à comment se faire admettre derrière les poteaux de foot du terrain de promenade, là où ce matin il a repéré les braqueurs à main armée, ses héros. (Tranquille ? Avec les deux caméras et le judas qui zyeutent ? C'est presque aussi flippant qu'une mère qui vous surveille avec son air de chien battu !)

*

# (5 février 2035)

### 16 août 2030, La Dépêche Européenne

*Le gouvernement révèle qu'un système solaire très semblable au nôtre est actuellement exploré par la sonde Ariane-Cérotis3. Invisible de notre système solaire, il se trouve cependant à une distance sous-plis relativement proche : on parle de moins de 4 ans. Ses coordonnées spatio-temporelles sont évidemment tenues secrètes, mais son étoile a été dénommée Agénor.*

### 30 novembre 2033, La Dépêche Européenne

*Souvenez-vous ! La sonde spatiale Ariane-Agénor1 est partie de chez nous le 28 septembre 2030. Elle est désormais en orbite de la troisième planète d'Agénor. Son module atterrisseur s'est posé en douceur sur une vaste plaine du continent sud, il y a une semaine (pour des raisons évidentes, nous ne publions qu'aujourd'hui ces informations). De jour en jour, d'heure en heure, les ordinateurs et les analyseurs IA des échantillons récoltés confirment que tous les paramètres atmosphériques et biologiques sont de même teneur que les terriens. L'œil inquisiteur des microscopes est en train de découvrir que les similitudes sont encore plus étonnantes que les suppositions les plus optimistes.*

*Marie et Wilhem, deux des rats de la cargaison, ont été lâchés dans un grand vivarium à l'air libre contenant plusieurs mètres cubes d'une prairie où l'herbe est à peine moins verte que chez nous. Ils se régalent d'une graminée locale et ont l'air d'apprécier leur liberté retrouvée. Il est même fort probable qu'ils soient déjà en attente de famille.*

*Le baptême officiel de ce nouveau territoire européen aura lieu ce soir à 20 heures au Parlement de Bruxelles. À vos écrans !*

### 1ᵉʳ décembre 2033, La Dépêche Européenne

*La troisième planète d'Agénor est désormais dénommée Europa II. Lors de l'émouvante cérémonie, Marie et Wilhem ont été déclarés citoyens européens.*

### 3 décembre 2033, La Dépêche Européenne

*La Fédération sino-indienne et la Ligue sud-américaine s'opposent à l'appropriation par l'Europe de la nouvelle planète. Leurs porte-paroles affirment ne pas remettre en cause le droit au sol du premier arrivé, mais refusent de reconnaître la citoyenneté de Marie et Wilhem. « Ce ne sont que des rats », disent-ils, refusant d'admettre qu'il s'agit bien d'Europé…*

Jules éteint l'écran. Il n'en peut plus de ce doc en boucle. Europa II ! C'est quoi le problème ? Pourquoi il n'y a que ça au lecteur de sa cellule ? Et quasi sans vidéos : faut lire et ça lui fait mal aux yeux. Au foyer, c'est les chaînes normales et, en plus, les ordis sont équipés Tri-D.

Mais le foyer, c'est deux heures par jour maximum.

Le terrain dehors, pareil.

Une heure et demie en tout pour le réfectoire et la douche.

Et le néant du sommeil, max cinq de plus

… de plus hors de cette putain de cellule.

Interdiction de bosser. « Programme Europa II pour les QHS de moins de 16 ans », qu'ils ont dit. Ça signifie quoi ? Ils n'ont pas voulu répondre.

Alors il reste quinze foutues heures de cellule ferme. À se taper la guerre des gangs à grande échelle. Sino-Inde, Europe, Ligue Sud-Am (outsiders : les trois Unions africaines jamais d'accord, le Japon et quelquefois les Nord-Am, qui n'ont toujours pas réussi à digérer leur ravalement de façade des années 20).

Fédéraux, nationaux : tous des crabes. Des rats ! (Ça oui alors.) Même pas le courage de régler leurs comptes face à face. Des lâches. Tout par en dessous. Et qui supportent pas la jeunesse qui en veut, qui garde son honneur, elle, quand elle déclare la guerre.

Elle regarde droit dans les yeux quand elle tue, elle.

Il les dégueule ces connards qui l'ont fait enfermer parce qu'il leur fout la trouille.

Il les dégueule, là, sur le béton gris du sol.

Et sur le béton de la couchette, le béton de la table, du tabouret, des murs, du plafond. Même les chiottes et le lavabo sont encastrés dans le béton.

Comme lui.

Alors il les dégueule aussi.

Ça bétonne dur dans la tête à Jules.

Mais les caméras s'en foutent.

Il rallume le lecteur.

*

(6 décembre 2037)

**Rapport**<br>
**Projet Colonie**<br>
**Sénateur W. Schoffer**<br>
**décembre 2031 (mis à jour en décembre 2033)**

*[...]*

## 3. Propositions

**• Mise en chantier immédiate d'un vaisseau** *de transport de colons. Départ prévisible : mi-2037 (cf. en Annexe II :* La planification des constructions stellaires *et en Annexe III :* Les perspectives colonisatrices d'Europa II *(2034 à 2057)).*

**• Constitution d'un vivier de colons-encadrants** *en mettant en place dès septembre 2034 un parcours de formation d'élite en trois ans ouvert sur sélection stricte aux élèves de moins de 15 ans. (cf. Annexe XIX :* Organisation et contenus des formations*)*

**• Constitution d'un vivier de simples colons** *de moins de 16 ans issus des QHS des centres de détention. Beaucoup de ces grands délinquants possèdent les qualités d'agressivité, de ténacité et d'adaptation nécessaires à la survie en milieu inconnu. Un programme d'information sur Europa II suivi d'une mise à niveau des connaissances techniques fondamentales est proposé en Annexe XXI. Après élimination des criminels les plus instables, le vivier constitué d'ici 3 ans pourrait être d'environ 3 600 jeunes.*

**• Baisse de l'âge de la majorité à 15 ans.** *Les jeunes pourraient donc décider eux-mêmes de leur participation à la colonisation. À noter que le climat social est favorable à une telle mesure, car beaucoup estiment que la délinquance des mineurs actuels est due à la déresponsabilisation juridique de leurs actes.*

*[...]*

Madame Marie Legros, présidente de la Fédération européenne, repose doucement sur la table basse le rapport du sénateur allemand, Wilhem Schoffer. Elle le connaît par cœur : quatre ans qu'elle le consulte tous les jours, y puise assurance et détermination. Finalement, le plus dur a été de convaincre Wilhem et son gouvernement de se garder une avance de six mois sur les autres États pour la mise en œuvre du projet « Colonie ».

Mais le résultat est là : sur les cent vingt-trois colons-cadres, cinquante-six sont Français, renforcés par les dix-sept Allemands ;

les autres ne pourront que suivre. Et tous ces gentils adolescents vont lui assurer dans trois ans son troisième mandat de présidente.

Madame Legros saisit délicatement le verre de Mouton Rothschild 2019 qui chambre sur un adorable petit plateau d'argent ciselé. Souriante, elle porte silencieusement un toast à la nuit étoilée derrière la baie vitrée.

Aujourd'hui, 6 décembre 2037, à l'heure des informations, le vaisseau *Cyrano de Bergerac* a quitté son orbite pour son premier transport humain vers Europa II.

Longue vie à la Colonie européenne !

*

**(6 décembre 2037)**

Jules est dans le caisson. Dans un instant, il sera congelé. Pffft, un dixième de seconde et ce sera fait.

Il se répète pourquoi il fait semblant de ne pas avoir peur. D'abord, ne jamais montrer ce qu'on pense, règle de survie numéro un. Ensuite, un voyage dans les étoiles pour le faire crever dans un cercueil, c'est pas crédible. Trop cher. Donc, il a des chances de survivre. Sur Europa II aussi, probablement. Mais moins. Si c'était réglo, ce n'est pas Jules qu'on aurait envoyé. Même si, en deux ans de taule, il a passé trois bacs pros – mécanique, menuiserie, maraîchage. Les obtenir et signer pour le grand nulle part, c'était le prix pour huit heures de moins de cellule par jour, et une chaise en plastique qui peut bouger.

À deux doigts d'être surgelé, Jules trouve encore que ça valait le coup. Sa mère aussi a dit qu'il valait mieux ça que de finir dingue. Elle pleurait, mais y avait comme un espoir dans ses yeux. Lui sait donc qu'il n'y a rien à craindre, mais pas son bide qui est tout tordu. Quoique... ça doit plutôt être le transfert en navette qui lui a refilé la chiasse. Le zéro du trouillomètre, c'est la boule de nerfs qui durcit sous les côtes qui le lui indique. Normalement, au moment où elle est assez grosse, faut se mettre à frapper.

Jules réalise soudain que, là-bas, il pourra avoir un couteau.

# Partie 2
## Les rocs animés
## (Félis et mentaloups)

D'une radicelle frontale désinvolte, Ishaï écarte le plumetis qui volette devant ses yeux. Une bouffée de pensées en profite pour s'échapper, le jeune félis la dissipe d'une contre-onde.

À quelques pas, l'aigrette majeure du mentaloup frissonne. Elle a capté le brouillage, il est temps d'agir. Ishaï bondit, fibrilles émettrices raidies, plumes capteuses aplaties, griffes sorties. Sa proie est terrassée par le hurlement mental du chasseur, pétrifiée par son rugissement, clouée au sol par les pattes puissantes. Le félis prend la gueule du fauve dans la sienne, l'oblige à baisser la tête jusqu'à ce que leurs pseudopodes suceurs s'entremêlent. Bref combat électro-mental, mais le mentaloup n'a aucune chance. Très vite, son énergie se déverse dans la boîte crânienne du vainqueur.

Ishaï n'achève pas sa victime. Au contraire, il lui laisse une bonne réserve. Dans quelques heures, la photosynthèse l'aura assez rechargée pour qu'elle puisse chasser à son tour. Depuis quelque temps, les mentaloups sont une espèce protégée. Ils se font rares et le Territoire est envahi par les herbivores.

Quand le félis s'éloigne de sa proie, ses aigrettes captent un remerciement dont la source n'est qu'à quelques bonds. Il exprime : « Tu n'as pas pris la vie de mon compagnon. Pluie, soleil et mentalondes pour toi ! » La mentalouve ne se montre pas, mais n'essaie pas de brouiller sa localisation. Elle n'a plus besoin de se cacher, maintenant que le chasseur s'est nourri. Comme lui, elle a relâché le contrôle de ses fibrilles. Elle a dû recevoir les préoccupations du félis, car à l'arrière-plan de son esprit flottent d'étranges images associées à la désertion du Territoire par ses congénères. Elle est allée Là-bas – le goût était délicieusement abondant, il a été dur d'en revenir.

Ishaï pompe doucement dans l'esprit de la bête tout ce qu'il trouve sur ce « Là-bas ».

« Merci », émet-il.

Puis, il entame son retour aux tanières d'un trot régulier : il a besoin de retrouver sa concentration pour comprendre ce qu'il vient d'apprendre.

Ishaï échange avec les autres félis du Territoire. Il transmet les images de la mentalouve : la prairie piquetée de bosquets où se dressent d'étranges rochers. En métal et matériaux inconnus, ils sont de tailles très variées. Les plus énormes sont creux et les autres y entrent et en sortent. Car la plupart de ces choses se meuvent ! On dirait des animaux, seulement leurs ondes, y compris les sonores – oui, ils grognent ! – ne sont pas biologiques mais minérales et métalliques. Selon les espèces, ils sont plutôt cubiques ou plutôt cylindriques, la perfection linéaire ou circulaire de leurs arêtes a quelque chose de perturbant. Ils sont constitués d'un bloc central hérissé de toutes sortes de pattes, tentacules, bras, pinces. Ils ont souvent plusieurs gueules placées à différents endroits de leur corps et s'ils n'ont pas d'yeux ou d'oreilles visibles, il est évident qu'ils voient et entendent. Tout aussi surprenant, ces rocs-animés mettent en place une nouvelle écologie sur le territoire qu'ils se sont attribué. Ils ont détruit de grandes étendues de prairie et arraché des arbres, ils ont planté des végétaux inconnus. Leurs appendices préhensiles et la diversité des... dents ? griffes ? qu'ils manipulent les autorisent, mieux encore que des castors, des oiseaux ou des insectes, à modifier l'environnement et à construire des artefacts. Certains éliminent systématiquement les mentaloups, à l'aide d'une énergie lumineuse qui jaillit d'un pseudopode tubulaire situé au sommet de leur corps. De temps en temps, ils tuent aussi les petits animaux qui sont apparus avec eux.

Ce sont ceux-ci qui attirent les mentaloups. Moitié moins grands que des marmottes, ils sont visiblement d'une espèce très proche : mammifères, recouverts de pelages de différentes teintes, mangeurs de graines et débris organiques, creuseurs de terriers. Très étonnamment, leur esprit est totalement ouvert : aucune protection contre les mentavores ! Et il procure une énergie abondante et goûteuse. On capte leurs garennes à des kilomètres et il est très difficile, pour les prédateurs, de résister à leur appel.

À la réception des affriolantes mentalondes des petites bêtes, les félis contactés par Ishaï s'agitent et s'inquiètent. Ils ont immédiatement inféré que l'envoûtante séduction, bien plus que la peur des rocs-animés, est transmise par les quelques mentaloups qui réussissent à se détacher de la fascination de ces étranges marmottes et à revenir dans la sécurité de leurs aires de chasse habituelles. Le Territoire est en train de se dépeupler. Très vite. Sans espoir de compensation, si les félis n'interviennent pas.

*

Les adultes du clan d'Ishaï se sont regroupés par quatre ou cinq. Tête contre tête, ils ont mêlé leurs faisceaux de fibrilles émettrices. L'Appel a été lancé. De Territoire en Territoire, il a été entendu et relayé. En moins d'une nuit, toute la planète a été recouverte des mentalondes félis.

L'invasion des rocs-animés a été racontée, transmise, ressentie. Et pas seulement découverte par Ishaï et les siens, mais également par un clan de l'autre continent. Là-bas, il n'y a pas de marmottes étranges. Les rocs-animés ne sont pas aussi nombreux qu'ici. Le territoire qu'ils revendiquent est, pour l'instant, très réduit. Cela ne fait que quelques jours qu'ils sont arrivés... du ciel ! Avec lequel ils communiquent ! Viennent-ils d'une des lunes ? Ou d'un autre système solaire ? Dans le brouhaha planétaire, on ne distingue pas clairement les ondes radio des échanges. Il est actuellement très ardu de différencier le bruit de l'information, surtout que ces ondes rebondissent sur la matière de façon très différente des ondes biologiques. Cependant, des schémas de compréhension ont déjà été élaborés et vérifiés. Cela prendra beaucoup de temps pour les affiner mais la réussite est probable.

Des félis habitant dans des zones à forte radioactivité proposent de rejoindre l'un ou l'autre des Territoires envahis. Leurs compétences en débruitage de ce genre d'émissions seront utiles.

Quand les données ont été diffusées à tous, que des rendez-vous réguliers d'Appel ont été pris, la communication s'interrompt. Chaque clan va réfléchir au problème de son côté avant de partager ses idées, études et conclusions avec les autres.

Mais pour l'instant, Ishaï, épuisé, s'affale sur le flanc. Un pseudodopode amical cherche le sien et lui insuffle une mentalonde savoureuse, reconstituante et rieuse. C'est Chroné qui lui offre un peu d'énergie, et lui chuchote qu'elle l'apprécie beaucoup.

*

Les deux félis se sont installés pour la nuit dans un bosquet de saules entourant un étang qui est certainement une source tant l'eau y est transparente et fraîche.

La transition entre la forêt et la prairie a été très rapide. Ce matin encore les clairières étaient rares et les arbres immenses, ce soir l'herbe est haute, les buissons clairsemés ; le petit bois bordant la mare a irrésistiblement attiré les deux forestiers pour le repos nocturne.

Demain, après cinq jours de longues courses, les souvenirs de la mentalouve affirment qu'ils devraient atteindre le territoire des rocs-animés. Leur mission est d'observer celui-ci sans chercher à prendre contact. Ils précèdent deux autres binômes envoyés par des clans éloignés.

Mais, pour l'instant, Ishaï et Chroné profitent de la halte pour se détendre. Ils jouent dans l'eau diaprée des pourpres et des violets du couchant. Dans un jaillissement de gouttelettes, pattes emmêlées, gueules béantes, poitrail contre poitrail, chacun lutte pour attraper la nuque de l'autre et l'enfoncer sous la surface. Puis, Ishaï, qui vient de perdre, arrache une grosse touffe de cresson rose et défie Chroné de la lui prendre. Course poursuite dans le bassin, grognements de rire. La salade déchiquetée en deux bouchées égales termine dans l'estomac des combattants. La dose est suffisante pour calmer celui-ci, mais l'effort fourni pendant la longue journée exige une énergie beaucoup plus substantielle.

Les gornouilles qui abondent ont été chassées sur les berges par le vacarme des deux prédateurs. Seulement, elles se sont vite habituées au bruit et, comme la nuit est désormais tombée, elles ont cédé à l'appel du sommeil et relâché un tout petit peu le contrôle sur leurs fibrilles. Très facile, avec les sens aiguisés des félis, de les repérer, avant de les assommer d'une mentalonde et de s'en délecter au pseudopode suceur.

Repus, tous les muscles décontractés, les deux compères s'affalent sur l'herbe tendre au pied d'un grand saule. Ishaï ouvre son esprit à Chroné pour lui transmettre son bien-être. Elle rit, savoure, puis se met à chanter.

Un doux ronronnement dresse les oreilles du jeune mâle. Le son va, le son vient, s'amplifie, s'apaise. Peu à peu, il devient régulier, plus fort, plus grave, plus profond. La poitrine d'Ishaï se dilate. La voix mentale de la chanteuse prend lentement et légèrement son essor. Tessiture de feuillage agité par le vent, ponctuée de gouttes d'eau sur le tambour d'un lac souterrain. Viennent s'y entrelacer une mélodie tissée par des élytres de criquets, puis le craquètement pressant des échassiers au nid. Alors, surgissant de la trame musicale, le rugissement habilement modulé d'un félis exultant dévale en joie-tempête l'échine du jeune mâle. Symphonie.

Les fibrilles d'Ishaï offrent à Chroné sa poitrine vibrante et les longs frissons de sa robe ondoyante. Plaisir partagé.

Pour le prolonger, quand le chant a cessé, chacun toilette l'autre à grands coups de langue râpeuse et malicieuse.

C'est décidé, quand la saison sera venue, Ishaï et Chroné vivront le rut ensemble.

*

De près, l'odeur mentale des marmottes n'est pas déformée comme dans les souvenirs de la mentalouve. Pour Ishaï et Chroné, elle est à la fois plus vive et moins affriolante. Un mets de choix, certes, mais eux n'ont aucun mal à y résister.

Ce que n'arrivent guère à faire les mentaloups qui abondent aux limites du territoire des rocs-animés. Les bêtes patrouillent nerveusement dans les hautes herbes et les buissons qui bordent le terrain défriché et sens dessus dessous, résultat des inquiétants agissements des envahisseurs. Ceux-ci ne s'aventurent pas au-delà de la zone qu'ils se sont octroyée. Par contre, ils la sillonnent en tous sens en s'arrêtant de temps en temps. Chroné, qui se destine aux mathématiques probabilistes, estime que leurs parcours et la fréquence de leurs arrêts sont aléatoires, ou du moins que la périodicité de leurs schémas comportementaux — si elle existe — est incommensurablement plus longue à apparaître que chez n'importe quel organisme biologique. Si une similitude peut être établie, ce sera avec les pulsations stochastiques de radio-ondes de certains minéraux. Une preuve de plus que les rocs-animés n'appartiennent pas au règne biologique. Pourtant, il ne fait aucun doute que ces êtres sont vivants. Comment est-ce possible ?

Malgré tous les dégâts qu'ils causent, les rocs-animés ne sont pas nombreux à parcourir leur territoire, en moyenne un pour trois hectares dans la zone surveillée par les deux félis. Ils s'occupent à leurs activités incompréhensibles de remodelage du terrain sans jamais se reposer.

Si bien que les mentaloups ne disposent, ni de jour ni de nuit, d'une opportunité de chasse meilleure qu'une autre. Cela et les déplacements aléatoires des rocs-animés perturbent beaucoup les fauves qui ne peuvent se référer à aucune de leurs techniques habituelles de chasse. Leurs capacités à résister à l'appel des marmottes en sont d'autant diminuées. Et quand ils cèdent, ils perdent toute raison. Ils se précipitent sur le terrain dangereux, tellement affolés qu'ils peuvent y pénétrer profondément et mettre un temps étonnant à repérer un terrier. Pourtant, ceux-ci « palpitent » très clairement. Ils creusent frénétiquement jusqu'à la nourriture... ou jusqu'à être perçus par un roc-animé, qui expulse un trait lumineux incandescent et fait mouche quasiment à chaque fois. La portée du tir peut dépasser les trois cents pas.

Les étrangers ne récupèrent rien sur le cadavre des mentaloups. Le plus souvent, ils les enterrent, mais quelquefois ils ne s'en approchent même pas, se contentant de tirer à nouveau si la bête bouge encore.

*

Chroné est morte.

Elle a été carbonisée. Assassinée par le flux d'énergie pure d'un roc-animé.

Elle n'émettait aucune onde, elle était tapie derrière un buisson de genévriers, elle n'était pas sous le vent de l'étranger. Ni sur son territoire.

Et pourtant elle est morte.

L'envahisseur a craché sur elle à cent foulées de distance. Une fois.

Il serait idiot de croire qu'il l'a fait au hasard : moins de cinq secondes plus tard, c'est sur Ishaï qu'il a tiré. Mais celui-ci était en train de bondir et le jet de lave-lumière l'a manqué. Le félis a fui en zigzaguant dans l'éboulis tout proche de pierres sèches et brûlantes.

L'autre n'a plus craché et ne l'a pas suivi.

Quand le jeune mâle a réussi à calmer sa panique, il est revenu sur ses pas. Le roc-animé traînait Chroné par la queue et s'éloignait vers les grottes artificielles. Le trophée devait être plus intéressant qu'un mentaloup. Le peu qu'il restait de la tête de son amie laissait une trace charbonneuse dans l'herbe drue extraplanétaire.

Chroné est morte.

*

De mémoire félis, et celle-ci est fort longue, l'élimination d'une espèce n'a jamais été envisagée. Ultimes prédateurs, les félis ont toujours considéré comme une évidence que leur spécificité biologique est non seulement d'auto-réguler leurs propres naissances mais de veiller à l'équilibre écologique terrestre. Les mentapieuvres, l'autre ultime espèce prédatrice, veillent, elles, sur les océans.

Le problème posé par les rocs-animés, sans conteste créatures à intelligence abstraite, est inédit. De jour en jour, il devient difficile de croire que les étrangers ont un quelconque respect pour leur planète d'accueil. Ils ne régulent même pas leurs étranges marmottes et empêchent les mentaloups de le faire. Ils n'ont probablement pas vérifié que les écosystèmes qu'ils ont brûlés et arrachés sur de nombreux hectares n'étaient pas en voie d'apparition ou de disparition. Soit ils ne sont pas une espèce auto-régulée, soit, et l'inconcevable l'est de moins en moins, ils ont décidé d'importer leur propre écologie, quitte à détruire celle de PèreMère. La première hypothèse aboutit à une contradiction : si les rocs-animés sont régulés par une autre espèce, comment celle-ci a-t-elle pu les laisser essaimer ici sans contrôle ? À moins que cette autre espèce ne soit elle-même défaillante ? Mais dans ce cas, les rocs-animés n'ont pas ou plus de prédateurs et leur instinct les autorise à annihiler consciemment le vivant gênant ou inutile selon eux.

L'instinct des félis, lui, exige de ne pas laisser les déséquilibres atteindre des points de non-retour. Selon les éco-mathématiciens, même si les étrangers et les petites marmottes disparaissaient aujourd'hui, les saccages déjà engendrés mettraient un bon siècle à s'effacer. Or, non seulement le désastre se propage rapidement, mais il est illusoire désormais d'espérer que les envahisseurs repartent de leur propre gré.

## Partie 3
## Camp Alpha
### (Régulation)

Deux jours que Jules et tous les autres sont au Camp Alpha. Deux jours que les jeunes cadres dynamiques mènent les vauriens comme un troupeau de mômes affolés. Deux jours que Jules est assommé, juste capable de se fondre dans la masse, dans l'incapacité totale de s'intéresser aux manœuvres de prise de pouvoir, de constitution de bandes, qui ont commencé, pour certaines, avant même d'avoir quitté le *Cyrano de Bergerac*. Même le pénis de Jules réagit à peine à la vue des filles.

Deux jours que le meurtrier-et-fier-de-l'être sait qu'il est en train de sombrer et qu'il se regarde le faire avec un détachement incompréhensible.

La plaine est immense ; le ciel plus mauve que bleu, illimité ; les bâtiments, minuscules ; Jules et les autres sont moins que rien. Où est le béton sur lequel on peut s'écorcher, où sont les immeubles et les rues, les ordures, la crasse, la pollution et les eaux de toilette ? À quoi sert de se raccrocher aux autres, si petits et insignifiants ? Pourquoi vouloir les dominer, pourquoi les craindre, pourquoi les tuer ? Quoi qu'ils fassent, ils ne pourront pas salir la beauté, la grandeur, l'infinité magnifiques et terrorisantes de ce monde. Ils n'en réduiront pas les dimensions et la pureté, n'auront pas prise sur elles, n'en comprendront rien et n'y participeront pas. Jules est un meurtrier dont l'acte a perdu toute valeur : sa haine, sa peur, sa toute-puissance et sa culpabilité n'existent plus tant il est devenu transparent. Inexistant, mort. Au-delà de la colère, de l'angoisse, du déni, de la violence. Au-delà du béton.

Mécaniquement, il vide les plateaux-repas qu'un tapis roulant lui apporte : les verres dans les casiers pour les lave-vaisselles, les couverts dans d'autres casiers, les restes de nourriture dans le recycleur de droite, les emballages dans le recycleur de gauche, les assiettes en piles sur la tablette derrière. À cinq mètres de lui, il y a l'établi où se rangent les couteaux et les hachoirs de la cuisine. Il est en désordre, cependant, il est évident qu'il y a plus de crochets et d'encoches vides que d'armes qui traînent. Certains se sont déjà servis. Jules en fait partie, mais le coutelas de boucher qu'il a glissé dans son dos entouré d'un torchon ne le rassure pas. Il est aussi insignifiant que lui. Il oublie sa présence de plus en plus souvent.

*

Jules s'est évadé.

Enfin non, pas évadé. Ce n'est pas possible ici. On ne peut pas échapper aux immensités. Au contraire, elles vous enferment encore plus à l'intérieur de vous-même.

Disons que Jules s'est enfui de Camp Alpha.

L'animal est une panthère zébrée brun et vert, avec une espèce d'énorme anémone de mer sur la tête et des sortes de plumes. Ça ne peut être qu'un tigre-méduse comme celui disséqué hier soir à la Tri-D. Jules n'a pas réussi à s'intéresser au reportage. Il se rappelle vaguement que l'animal a un souci avec son estomac trop petit, que son sang est plus vert que rouge, et qu'il a droit, lui, à un billet pour la Terre – en morceaux, soigneusement rangés dans une caisse-congel. Toute blanche, la caisse, mais pas aussi brillante que les crocs du monstre. Qui ne sont pas des crocs mais des défenses – quelle est donc la différence ? – et qui peuvent sortir indemnes d'un tir de laser en pleine poire. Euh... tout ça, c'était pas plutôt à propos des loups à la crinière en serpents ? Le garçon secoue la tête pour s'éclaircir les idées, c'est pas le moment de reconstituer la soirée de la veille. La bête devant lui n'est clairement pas un herbivore. Elle est à moins de dix mètres, tranquillement assise sur son arrière-train. Étant donné son camouflage naturel, si les tentacules ne s'agitaient pas doucement, Jules ne l'aurait pas vue avant d'être à portée de sa gueule. Le Terrien sait qu'il devrait être terrorisé. Surtout que le fauve ne manifeste aucune inquiétude, il n'est pas impressionné par Jules. À un point tel qu'il ne cherche même pas à l'intimider ? Se sent-il si sûr de lui ? Ou alors, il n'a pas compris qu'un humain est toujours potentiellement dangereux. Est-ce un abruti ? Même une bande de pitbulls face à un seul homme n'est pas aussi stupide.

Pourtant, la méfiance de Jules n'est pas assez forte pour durcir son ventre et activer sa respiration. Aucune boule en formation du côté du diaphragme. C'est tout juste s'il pense à prendre le couteau et à le démailloter lentement de son torchon. Quand il l'empoigne par le manche, il se revoit fugitivement brandir un certain poignard.

C'est là que le fauve bondit, les tentacules soudain raidis, et qu'une espèce de flash éteint l'esprit de Jules.

*

Ishaï a atténué à temps la mentalonde. Il ne voulait pas tuer, ni même blesser. Tout se passait bien. L'animal qui marche debout était sous son emprise, incapable de protéger son esprit. Calme. Livrant l'une après l'autre des images, des connaissances – certaines très douloureuses, mais Ishaï ne s'est pas laissé déconcentrer, le visionnage et l'analyse de la récolte viendraient plus tard. Mais l'abominable sensation de la griffe s'enfonçant dans le cœur palpitant d'un congénère – un congénère ! –, la terreur et la jouissance haineuse l'ont frappé de plein fouet. Il en gronde encore sourdement, l'aigrette majeure complètement plaquée au crâne.

Cependant, il réalise déjà que les deux-jambes sont beaucoup moins désarmés mentalement qu'il n'y paraît : l'agressivité latente diffusée à flots par leur esprit ouvert a de quoi décourager bien des prédateurs affamés, et leur puissance d'émission en cas d'émotions fortes vient d'être cruellement démontrée. Ishaï n'a pas à avoir honte de sa perte de contrôle. Il se rend compte aussi que les informations qu'il vient d'acquérir valent largement la blessure de son esprit.

*

En provenance de dizaines de Territoires, les félis ont établi un cordon circulaire autour du pays des deux-jambes, une ceinture électro-mentale qui accumule en flux continu les énergies de tous les clans du continent qui n'ont pas pu se déplacer. De l'autre côté de la planète, un dispositif similaire est mis en place autour des rocs-animés de là-bas.

Le temps est venu d'éradiquer le problème écologique posé par les envahisseurs.

*

Les colons du Camp Alpha sont entassés dans le réfectoire. Des centaines, peut-être des milliers de tigres-méduses encerclent le terrain conquis. Même si l'image et le son ne sont pas très clairs, on peut voir sur les écrans les fauves patrouiller, presque à portée des tirs laser. Tous les robots mobiles ont été envoyés défendre le périmètre, mais l'orage électromagnétique qui se prépare brouille les communications et ralentit, voire annule, les réactions artificielles. C'est l'électricité dans l'air qui doit être à l'origine de la concentration des grands félins et de leur excitation : les pseudopodes et aigrettes de leur crinière sont, comme chez les loups-méduses, des espèces d'antennes.

Sur le grand écran, Bruxelles commente ce qui se passe avec une heure de retard. Les élites scientifiques terriennes suggèrent que le phénomène météorologique provoque un rassemblement d'espèce, comme il en existe chez certains animaux terriens. Elles s'excusent de ne pas avoir prévu que la zone pouvait être sujette aux orages magnétiques. Mais malgré six ans d'étude, rien n'a permis de deviner que Camp Alpha serait au centre d'un tel phénomène.

« Oui, il est fort probable que les fauves attaquent. Avec les bots complètement détraqués par la statique, mieux vaut ne pas compter sur eux pour endiguer l'assaut. »

« La solution, c'est de se barricader dans les bâtiments – une bonne chose qu'ils n'aient pas de fenêtres, hein ! »

« Au cas où, tenez prêts les cinq fusils mécaniques. Les outils et les objets contondants ou coupants de la cuisine peuvent aussi être utiles, vous savez. »

« Bon, avec un peu de chance, vous n'aurez pas besoin de tout ça : le plastique de vos hangars est très résistant. Vous allez juste rester enfermés quelques jours. Les bêtes s'éparpilleront quand elles auront faim : il n'y a pas assez de gibier dans les environs pour tout le monde. »

« Courage, tout le Conseil de l'Europe est avec vous ! »

C'est juste après ces conseils réconfortants que les écrans s'éteignent en un seul flash.

Tous les groupes électrogènes pètent aussi les plombs.

Les jeunes sont dans le noir.

Il fait chaud.

On étouffe.

Des bordées d'insultes paniquées et des sanglots hystériques commencent à fuser. Très vite, des bruits mats de coups de poing, claquants de gifles, atroces de nez qui craquent, ponctuent les différentes méthodes humaines d'évacuation du stress.

*

**18 mars 2041, La Dépêche Européenne**
*À la suite d'un ou plusieurs phénomènes électromagnétiques encore inexpliqués, toutes les communications avec Europa II ont été coupées. Il semble que non seulement le satellite et le Cyrano de Bergerac soient définitivement endommagés, mais aussi le matériel électrique au sol.*

*L'espoir est grand que nos courageux pionniers surmontent cette dure épreuve. Le vaisseau* Paul d'Ivoi *nous annoncera certainement de bonnes nouvelles quand il atteindra Europa II d'ici quelques mois.*

Marie Legros, candidate à sa propre succession comme présidente de la Fédération européenne, a congédié ses collaborateurs pour rester seule quelques minutes avant de prendre sa décision.

Les conseillers scientifiques sont formels : les Sino-Indiens ne sont pas responsables. La seule technologie militaire capable d'une aussi brutale et totale rupture des communications est la bombe H. Mais, avant de s'éteindre à leur tour, les satellites et le vaisseau en orbite ont disposé de quatre-vingt-trois secondes pour relayer les images : largement le temps pour montrer qu'aucune bombe n'est à l'origine du phénomène.

La question n'est donc plus de déterminer la responsabilité des Sino-Indiens. La question est de mesurer à quel point une telle responsabilité est plausible.

La base asiatique du continent nord d'Europa II et ses deux satellites soi-disant furtifs sont surveillés depuis deux ans. Le public n'a pas été averti de leur existence puisque l'arrivée des robots sino-indiens sur la planète est un coup en douce. La Fédération s'est tue de peur de devoir déclencher une guerre ouverte pour sauvegarder son honneur. Désormais, la présence sino-indienne sur Europa II ferait un argument de poids pour expliquer ce qui s'est passé. Même s'il venait à filtrer que les équipements adverses ont eux aussi été détruits, il suffirait de remarquer qu'il est souvent pratique d'effacer les preuves. De plus, en dévoilant qu'un vaisseau asiatique rempli de conquérants tous très bien formés et disciplinés atteindra la nouvelle planète bien avant le *Paul d'Ivoi*, il devient évident que les Sino-Indiens ont volontairement provoqué la catastrophe.

En résumé, il ne peut s'agir que d'un bombardement nucléaire sino-indien. Il a rayé de la carte en quelques minutes six cent vingt-deux jeunes pleins d'avenir. (D'ailleurs, les fauves repérés avant la catastrophe sont sûrement déjà venus à bout de la bande de gamins désarmés.)

Marie Legros est une des personnes les plus aptes à évaluer les lourdes conséquences – politiques, économiques et humaines – qui découleraient d'une accusation d'agression militaire d'un territoire européen par les Sino-Indiens.

C'est pourquoi elle s'accorde ces quelques minutes de réflexion. N'y a-t-il vraiment aucun autre moyen pour ne pas endosser l'échec du Projet Colonie et réussir à se faire réélire dans trois mois ?

*

Avant de repartir chez eux, les clans qui ont formé le grand émetteur et figé à jamais les rocs-animés, y compris ceux du ciel, se sont délectés des marmottes étrangères. Avec l'aide enthousiaste des mentaloups, ils ont prélevé un tiers de la population. Mais il en reste bien assez pour que chaque meute emmène avec elle deux ou trois dizaines de couples reproducteurs.

Le chant hypnotique qui intime aux petites bêtes de suivre les félis est apaisant pour tous. Si les mentaloups ne se montrent pas, nul doute pourtant qu'ils emboîtent le pas aux cortèges improvisés. Bien sûr, il n'est pas certain que, privées de leurs protecteurs artificiels, les marmottes à l'esprit ouvert survivent. Cependant, leurs capacités d'apprentissage attestées par des plans de terriers complexes et profonds qui flottent dans l'esprit de leurs dominants présagent de bonnes chances d'adaptation. Et les félis se sont promis de s'en faire les bergers aussi longtemps qu'ils estimeront qu'un nouvel équilibre peut s'instaurer. Les mentaloups devront revenir à leurs sources habituelles de nourriture – qui ont bien besoin d'être régulées – avant qu'on leur permette plus que quelques friandises.

Après le départ du gros des troupes, seuls quelques-uns du clan d'Ishaï ont assisté à l'émergence des deux-jambes hors de leurs grottes artificielles. De loin. Avec tous leurs capteurs en veille. Malgré cela, les pensées qui ont filtré étaient encore trop teintées de peur et d'agressivité pour qu'il soit possible de les supporter. Les aigrettes se sont complètement rabattues.

Cependant, le regret des deux-jambes pour les rocs-animés n'a pas suscité de compassion. Le soulagement ressenti à l'annonce que les créatures n'étaient pas vivantes, n'étaient que des artefacts sans aucune intelligence personnelle, est encore très vif.

La solution au déséquilibre écologique a découlé de cette information primordiale rapportée par Ishaï. En effet, si trois révolutions solaires n'ont pas suffi à décoder la signification des radio-ondes et des échanges électriques internes dans les corps des rocs-animés, cela fait plusieurs mois que les félis sont capables de localiser précisément les sources – même en orbite – et qu'ils ont mis au point des contre-ondes qui « chargent » les émetteurs métalliques jusqu'à les faire fondre. Mais l'annihilation totale d'une espèce vivante n'est pas envisageable par des ultimes prédateurs-régulateurs. Leurs armes n'auraient été utilisées que pour circonscrire l'invasion mais n'auraient pas résolu à long terme le désastre écologique en cours. Les félis n'avaient donc plus, comme maigre espoir, que celui de communiquer un jour avec les rocs-animés. Heureusement, il s'est avéré que ceux-ci n'étaient que des prolongements artificiels des véritables envahisseurs. Aucun instinct ou éthique n'empêchait de les rendre inoffensifs.

Cela a été fait et la probabilité est grande que leurs fabricants, revenus à leurs seules compétences biologiques, arrivent à s'intégrer. Certes, les deux-jambes sont une espèce traumatisée, mais son intelligence abstraite et les facultés d'adaptation et de récupération qui vont avec ont le potentiel nécessaire pour contrebalancer ses pulsions autodestructrices. Les généticiens avancent même que l'importance de ces dernières dénote une mutation en cours vers l'auto-régulation.

Quant aux plantes et micro-organismes extraplanétaires, leur étude par les botanistes et microbiologistes, aux aigrettes si sensibles qu'elles différencient un filament d'ADN d'un autre, est loin d'être terminée. Cependant, quatre révolutions solaires d'observations font espérer que les espèces étrangères qui sont encore en vie trouveront leur place sans exagérer.

Le bouleversement écologique provoqué par tous les envahisseurs est aussi important qu'une pluie de météorites. Aussi inquiétant. Mais, s'il va exiger, pendant plusieurs siècles certainement, une vigilance de tous les instants, l'aventure s'annonce passionnante.

*

Jules n'a pas mangé depuis qu'il a terminé les barres vitaminées emportées dans sa fuite. Étonnamment, il avait pensé aux provisions. Et même calculé ses besoins : une barre par jour, vingt barres vingt jours. Presque trois semaines. Ça lui paraissait une éternité.

En fait, c'est toujours très loin dans l'avenir. Parce que finalement, sa chemise était vide au bout de peu de jours. Trois ? Cinq ? À moins que ce ne soit quatre, ou six ? Pas franchement net dans sa tête tout ça. Il a un peu perdu les pédales ces temps derniers.

Depuis sa rencontre avec le tigre.

Pourquoi le fauve-méduse l'a-t-il laissé indemne ? Les humains ont assassiné sa femelle. Jules ne sait pas comment il le sait, mais il en est certain. La tigresse était pleine de joie de vivre, et un sniper l'a dégommée. Sous les yeux de son mâle. Alors pourquoi le fauve-méduse ne s'est-il pas vengé ?

C'est cette question qui a fait basculer Jules, quand il a émergé de son évanouissement. Déjà qu'il ne comprenait rien au manque de béton, qu'il n'y avait rien de familier à quoi se raccrocher, que tout était trop grand, trop propre, trop beau ; et voilà qu'un ennemi plus puissant qu'un chef de gang l'épargnait. Dans sa tête, ça a cédé d'un coup.

Il a hurlé, hurlé à s'en déchirer les cordes vocales. En même temps, un son terrible a envahi ses oreilles, sa tête, tout son corps. Un cri, comme il n'en avait jamais entendu. Horrible, abominable, incroyable. Sans aucune signification. Pas de terreur, pas de colère. Brut. Primal. Totalement inhumain et totalement humain. Insoutenable.

Quand le silence est revenu, Jules était recroquevillé. Tout petit. Si petit qu'il n'aurait pas dépassé l'oreiller du temps où il jouait à s'y rouler en boule comme un chat. Il a voulu appeler sa mère, mais sa gorge n'a pas répondu. Rien, pas un coassement, pas un gémissement, éteinte.

Pourtant maman est venue. Elle lui a parlé et parlé ; lui n'a rien pu faire d'autre que d'écouter. Elle a pleuré et pleuré ; il a pleuré avec elle. Mais quand elle lui a pardonné, Jules a totalement disjoncté.

Ça a été l'enfer, la grosse crise, le délire.

Les potes qui n'en finissaient plus de ricaner. Lui qui n'en finissait plus de ricaner aussi ; qui n'en finissait plus de crever de trouille, qui tapait, tapait pour écraser les boules ; qui n'en finissait plus de fêter ses victoires, noyer ses défaites, un verre de vodka dans chaque main, sapé comme un prince des voyous, cocottant l'après-rasage frimeur, subjuguant les poupettes... à moins que leurs regards écarquillés n'aient reflété que ce qu'il désirait y voir ?

Et puis, ponctuant le chaos de sa tête : le couteau. Le couteau qui n'en finissait plus de s'enfoncer ; Jules qui n'en finissait plus de dégueuler sa honte.

La honte. La honte. La honte.

Mais le tigre l'a laissé indemne et maman a beaucoup trop pleuré. Pour une fois, il ne serait pas faible : il allait arrêter de se mentir.

Cette décision l'a de nouveau déconnecté.

Les flashes ont fini par s'apaiser, il se rappelle juste avoir erré à moitié assommé.

Là, maintenant, alors que son ventre gronde, il pense que sa crise lui a plutôt fait du bien. Beaucoup plus efficace que de se péter la tronche à la vodka-codéine-shit. Il s'en sort sans vraie gueule de bois et pas plus lourd. Au contraire, il se sent plus léger. Il a été faible et ça l'a soulagé. Grâce à cette planète tellement, tellement grande qu'on peut se mettre à l'abri des autres, il a survécu à la faiblesse. Il a aussi survécu à lui-même, pour l'instant. C'est déjà beaucoup. La nuit dernière, il a vraiment dormi.

Physiquement, il est en forme, souple comme cette espèce de hamster qu'il a aperçu en train de grimper à un arbre, et qui l'intéresse de plus en plus.

Jules s'approche à pas de loup pour ne pas faire peur à la bestiole. Celle-ci ne l'a toujours pas vu, elle est très occupée à ronger une branchette dont l'extrémité ploie sous une grappe de trucs genre noisettes. Il n'est pas sorcier de deviner qu'une fois les fruits tombés à terre, le hamster reprendra le chemin du tronc pour descendre déguster sa récolte.

Alors Jules attend.

Il attend son tour de monter dans l'arbre. Il ne veut pas déranger le repas de celui qui vient de lui montrer comment il va pouvoir remplir son estomac.

Jules a compris que la survie n'exige pas toujours que le plus faible meure.

*

Ishaï a quitté le territoire des envahisseurs. Il ne désire pas participer à la régulation des deux-jambes. La mort de Chroné continue de le hanter, avivée cruellement par le chaos de violence que le jeune étranger a déchargé sur lui.

Pour la halte du soir, un certain bassin d'eau pure bordé de saules l'appelle. Il y pleurera et chantera pour son amie-amour de toutes ses fibrilles et radicelles. Il contera à Chroné-bien-aimée pourquoi elle a été assassinée et comment le cauchemar s'est terminé.

Puis, demain, il partira loin de la prairie. Il rejoindra la forêt et son clan. Il chassera pour les siens, et aidera ainsi les mentaloups à débarrasser le Territoire de son trop-plein d'herbivores.

# Représentation et résistance : Le rôle de la SFF en période de bouleversement social

## Madi Haab

Au moment d'écrire ces lignes, Trump a été récemment réélu président désigné et cette nomination a envenimé les tensions sociales, les divisions et la haine envers les minorités de toutes sortes. Considérant le paysage politique actuel, il m'arrive souvent de me demander : « À quoi bon ? » À quoi ça sert d'écrire quand les changements climatiques, la guerre et la répression sociale sévissent à travers la planète ? N'est-ce pas inutile d'écrire des histoires de fantasy et de science-fiction quand tout va si mal dans le vrai monde ?

Et pourtant non. L'art (dans lequel j'inclus bien sûr l'écriture) joue un rôle phare en tout temps, et surtout en période de chamboulements. Il peut être rassembleur, cathartique, porteur d'espoir et de joie. Il peut nous aider à mieux vivre notre colère, notre tristesse et nos deuils. Nous faire considérer de nouveaux points de vue et de nouvelles approches. Après tout, si les livres ne jouaient pas un rôle important dans notre société, ils ne feraient pas l'objet d'interdictions de plus en plus nombreuses aux États-Unis.

Les littératures de l'imaginaire en particulier sont à la proue de ce désir de véhiculer de nouvelles idées et perspectives. Il n'y a pas si longtemps, plusieurs n'y voyaient que des contes juvéniles relevant du domaine des *nerds*, mais, aujourd'hui, le fantastique, la fantasy et la science-fiction sont des phénomènes culturels de masse. Qui de nos jours n'a pas un film préféré de *La guerre des étoiles* ou une opinion sur la dernière saison du *Trône de fer* ?

Et ce n'est pas parce que ces histoires se déroulent dans des galaxies lointaines ou dans des mondes peuplés de dragons qu'elles n'ont rien à dire sur notre monde bien à nous. C'est pourquoi certaines tendances se dessinent à travers les décennies : la conquête de l'espace était le thème central de nombre d'œuvres de science-fiction à l'époque où elle faisait l'objet de beaucoup de recherche et d'investissement. Plus récemment, le solarpunk, l'intelligence artificielle et les dystopies postapocalyptiques et anticapitalistes sont tout autant de réponses à nos angoisses actuelles.

Tout art est politique. Plusieurs auteurices diront certainement qu'iels n'ont pas d'agenda politique et cherchent seulement à écrire une histoire divertissante, mais ces histoires sont le reflet de notre monde. Elles sont la somme de nos expériences, nos croyances, nos connaissances, nos souvenirs et nos préjugés. Explorer certaines thématiques ou représenter certaines personnes est un choix, mais ne pas le faire en est un aussi. Pour plusieurs d'entre nous, le fait même d'écrire ou d'être représenté·e dans une histoire relève de la politique. L'auteurice a donc, selon moi, une responsabilité envers son lectorat et même la société.

Tout un fardeau, me direz-vous. Mais je crois qu'il est nécessaire de le porter.

### La responsabilité de l'auteurice

Il est faux de penser que la fiction n'a pas d'impact sur le monde réel. La représentation peut nous aider à nous remettre en question, à mieux nous comprendre et à surmonter nos défis. J'ai moi-même rédigé une chronique intitulée « La lune sanctuaire : AssaSynth et la représentation neuroatypique dans la SFF » dans le numéro 62 de *Brins d'éternité*, portant sur l'importance qu'a eue la série *Journal d'un AssaSynth* de Martha Wells dans mon processus de diagnostic d'autisme et de TDAH. Tout le monde bénéficie d'être exposé à des personnages diversifiés et des univers tirant leur source dans des cultures et des modes de pensée différents de soi.

Une représentation plus diversifiée laisse également moins de place aux stéréotypes, lesquels peuvent être utilisés pour dénigrer ou déshumaniser l'autre. Un exemple est le « péril jaune », une expression utilisée pour démoniser les peuples asiatiques et la menace qu'ils représentent envers les pouvoirs occidentaux, que ce soit le Japon de la Seconde Guerre mondiale ou le pouvoir économique de la Chine. Une rhétorique similaire est actuellement utilisée pour stigmatiser les immigrants, les minorités religieuses ou encore la communauté LGBTQIA2S+, et a des impacts bien réels sur la politique et la législation d'aujourd'hui.

En effet, nous voyons un retour en arrière depuis plusieurs années quant aux droits civils et libertés, surtout ceux relevant des femmes, de la communauté LGBTQIA2S+, des personnes handicapées et des minorités ethniques et religieuses. Les efforts de représentation et de diversité sont qualifiés de « woke » ou de « DEI », un acronyme signifiant « diversité, équité et inclusion ». Ce dernier est maintenant utilisé de façon dérogatoire par celleux qui rejettent ces initiatives, impliquant que les personnes qui en bénéficient ne méritent pas réellement leur rôle, poste ou salaire.

Il suffit de lire quelques réactions sur internet. La série de jeux vidéo *Dragon Age* a été vivement critiquée pour son contenu dit « woke », puisqu'elle met en scène plusieurs personnages transgenres et non binaires. L'adaptation télévisée de la série *The Witcher* et le film de 2023 *La petite sirène* ont aussi été critiqués pour avoir mis en scène des actrices racisées pour jouer des personnages jusque-là blancs. Vous me direz qu'il s'agit de trolls, mais il n'empêche que ces idées gagnent du terrain, comme le prouve l'élection de Trump.

C'est pourquoi il est d'autant plus important de donner plus de place aux auteurices issu·es de la diversité afin qu'iels puissent partager leurs histoires, mais aussi de rejeter les mouvements répressifs et totalitaires qui se font de plus en plus vocaux, en critiquant ces derniers, en proposant des modèles de société alternatifs et en s'assurant que tout le monde y ait sa place. Les auteurices des genres de l'imaginaire sont dans une position privilégiée pour le faire, puisque le fantastique, la fantasy et la science-fiction offrent de nouvelles fenêtres sur le monde et permettent de nous défaire de nos préjugés et schémas acquis.

Pourtant, les auteurices des genres de l'imaginaire – qui bâtissent de nouvelles civilisations de toutes pièces et imaginent de quoi aura l'air le futur de l'humanité dans quelques siècles – hésitent ou éprouvent de la difficulté à décrire des expériences qui diffèrent des leurs. Pourquoi est-il encore si difficile d'écrire l'Autre ?

### *Write what you know… or not ?*

Les écrivain·es connaissent sûrement ce fameux conseil d'écriture. En effet, écrire ce qu'on connaît permet de créer sur la page des mondes riches et des personnages vibrants. En puisant dans ses connaissances, son vécu et ses émotions, l'auteurice peut créer des histoires crédibles, même si elles prennent place dans des mondes qui ne ressemblent aucunement au nôtre. Ça ne veut pas dire qu'il faille s'y limiter pour autant, et c'est souvent là que le bât blesse.

Il n'est certes pas facile de se défaire des perspectives imposées par le système dans lequel on vit, ou de rester au fait des conversations entourant la représentation, lesquelles évoluent constamment et font l'objet d'analyses féministes, raciales, anticoloniales, et j'en passe. D'autres craignent de commettre des erreurs et donc de s'exposer à des représailles parfois véhémentes, mais cette attitude risque de perpétuer les mêmes inégalités déjà présentes dans notre société, ce que plusieurs reprochent d'ailleurs aux maisons d'édition.

En effet, des initiatives ont été mises en place au cours des dernières années pour tenter d'augmenter la proportion d'auteurices et de travailleur·euses issu·es de la diversité. Toutefois, des rapports émis par diverses organisations du monde de l'édition, telles que Publishers Association[1] au Royaume-Uni ainsi que Lee & Lowe[2] et PEN America[3] aux États-Unis, indiquent que cette proportion est demeurée à peu près inchangée. Les principaux constats du rapport de PEN America, publié en 2022, dénoncent plusieurs pratiques qui entravent les efforts de représentation et de diversité : par exemple, les auteurices appartenant à une minorité ethnique sont souvent sous pression d'écrire au sujet de leur vécu ou de leur communauté, alors que d'un autre côté, les maisons d'édition préfèrent se limiter à un seul titre portant sur un sujet donné[4].

J'en conviens, c'est là tout un défi pour les auteurices : compléter un roman n'est déjà pas chose facile, mais à cela s'ajoute une dimension éthique et sociale. Les auteurices doivent considérer la portée de leurs mots tout en restant authentiques et fidèles à l'histoire qu'iels tentent de raconter. Malheureusement, il n'y a pas

[1] *UK Publishing Workforce: Diversity, Inclusion and Belonging in 2024*, Publishers Association, 2024. En ligne : https://www.publishers.org.uk/publications/uk-publishing-workforce-diversity-inclusion-and-belonging-in-2024

[2] *The Lee & Low Diversity Baseline Survey 3.0*, Lee & Low, 2023. En ligne : https://www.leeandlow.com/blog/2023diversitybaselinesurvey

[3] *New PEN America Report: Deep and Persistent Obstacles in Publishing Houses Impede Greater Diversity in Terms of Authors and Stories Told*, PEN America, 2022. En ligne : https://pen.org/press-release/new-pen-america-report-deep-and-persistent-obstacles-in-publishing-houses-impede-greater-diversity-in-terms-of-authors-and-stories-told

[4] *Ibid.*

de formule toute faite pour y parvenir, mais comme tout autre aspect méconnu dont traite un récit, la recherche en est souvent la clé, que ce soit en consultant des livres, des articles, des forums de discussion tels que Reddit ou des individus.

Plus tard dans le processus, il est également possible de faire appel à des bêta-lecteurices ou « *sensitivity readers* », soit des lecteurices partageant la même expérience de vie que les personnages dont il est question. Cette pratique est quelque peu controversée puisque certain·es la perçoivent comme un type de censure, mais ma perspective est tout autre. Je ne le vois pas plus comme de la censure que le fait de supprimer ou de retravailler une scène qui nuit à la trame narrative d'un roman. Selon moi, mesurer l'impact potentiel sur les lecteurices est tout aussi important que d'offrir une intrigue bien ficelée et des rebondissements crédibles.

Bien sûr, cela ne signifie pas pour autant qu'un texte ne peut pas explorer des thèmes ou des problématiques en lien avec ces éléments, mais il est d'autant plus important pour l'auteurice de se pencher sur l'impact potentiel de ses mots. Ce ne sont toutefois pas des conversations faciles à avoir. La majorité d'entre nous faisons de notre mieux selon nos connaissances et compétences, et il n'est jamais plaisant de se faire dire qu'un texte perpétue des idées sexistes, racistes, transphobes ou autres. On cherche à se défendre, à s'expliquer, à faire comprendre quelles étaient nos intentions. Écrire requiert donc une bonne dose d'humilité et de compassion.

### Les blocs de construction de la fiction

En plus de faire preuve de diligence et d'effectuer leurs recherches, il est également important pour les auteurices de connaître et de remettre en question les différents éléments qui composent les récits : les conventions, thèmes et motifs récurrents qui apparaissent dans les genres de l'imaginaire. Souvent réunis sous le nom de « *tropes* » en anglais (du grec « *tropos* », signifiant un changement ou un tournant), ces concepts remontent parfois jusqu'aux mythes et contes d'où les genres de l'imaginaire puisent leur source.

TV Tropes, une base de données mise à jour par ses utilisateurices et répertoriant les *tropes* apparaissant dans des médias de toutes sortes, les définit en tant que « techniques ou conventions narratives, des raccourcis pour décrire des situations que l'écrivain·e peut utiliser et raisonnablement s'attendre à ce que son audience les reconnaisse. Elles sont les moyens par lesquels une histoire est racontée par quiconque a une histoire à raconter[5] ».

Ces éléments sont donc si familiers, autant du côté des auteurices que des lecteurices (du moins celleux partageant une même culture et tradition littéraire), qu'ils font partie intégrante du langage collectif de la fiction. Il est important de noter que le concept de « *trope* » en soi est neutre : les clichés et stéréotypes ont une connotation négative, ce qui n'est pas nécessairement le cas des *tropes*, bien qu'ils puissent aussi s'avérer problématiques.

Pensons à la série de fantasy *Le trône de fer* et à son adaptation télévisée. Son auteur, George R. R. Martin, s'amuse à jouer avec les conventions de la fantasy afin de surprendre les attentes de ses lecteurices. Eddard Stark, le héros noble et honorable du premier tome de la série, aurait normalement réussi à faire éclater au grand jour les manigances des Lannisters. Dans le monde de Martin, il est plutôt trahi par des adversaires et exécuté : une scène si inattendue qu'elle en a eu un impact culturel énorme.

Par la suite, de nombreux films et séries télévisées ont tenté de recréer cet impact en « renversant les attentes » du public, souvent avec des résultats mitigés. L'exécution de Ned Stark ne choque pas seulement par sa violence et sa soudaineté : le génie de cette scène provient du fait que sa mort est inévitable selon les règles du monde que Martin a créé, même si elles vont à l'encontre de ce à quoi les lecteurices ont été habitué·es jusque-là.

Il en est de même pour les personnages. Pensons aux princesses de Disney, longtemps critiquées pour renforcer des rôles de genre démodés et offrir des modèles limitatifs aux petites filles. La demoiselle en détresse est un de ces clichés qui remontent aux légendes arthuriennes et contes, tels que la Dame de Shalott et Raiponce, toutes deux prisonnières de leurs tours. Délaissée depuis les années 90, la demoiselle en détresse a été remplacée par des princesses rusées et braves, capables de se défendre et de se battre, qui n'ont pas besoin de princes pour être sauvées… et qui ne sont pas nécessairement de race blanche.

---

[5] *Tropes*, TV Tropes. En ligne : https://tvtropes.org/pmwiki/pmwiki.php/Main/Tropes [Traduction libre].

## Entre représentation et stéréotype

Mais si certains *tropes* sont abandonnés, d'autres perdurent. Pensons notamment aux difformités physiques ou aux cicatrices, souvent utilisées comme raccourci visuel pour représenter un personnage malveillant ou dont on doit se méfier. Encore de nos jours, la beauté, la santé et la jeunesse sont associées à la bonté du personnage, alors que sa laideur et son infirmité représentent sa méchanceté, sa jalousie ou son égoïsme.

Dans la série d'animation de Netflix *Arcane*, le personnage de Viktor parvient à créer de la magie en laboratoire et expérimente sur lui-même dans le but de guérir sa jambe handicapée et la maladie respiratoire qui le tue à petit feu. Les expériences de Viktor sont un succès malgré les dangers qu'elles représentent. Dans la deuxième et dernière saison de la série, Viktor devient une figure quasi religieuse capable de guérir les maladies et dépendances qui sévissent dans la ville de Zaun.

Mais le coût de cette guérison est faramineux. Une fois guéri·es, les disciples de Viktor (et indubitablement Viktor lui-même) perdent leur personnalité, leur individualité et leurs émotions. *Arcane* nous présente une communauté utopique et autosuffisante où il n'y a ni maladie ni conflit, mais ses membres sont intégrés à une sorte de conscience collective contrôlée par Viktor. Ce dernier devient obsédé avec l'idée de « guérir » le monde de ses maux et conflits, de la douleur et même de la mort.

Il s'agit là d'un *trope* assez courant : l'artiste et auteurice Derek Newman-Stille l'appelle « *the magical cure* » (la guérison magique) et écrit sur cette dernière :

> Fréquemment, les auteurices valides croient qu'ils doivent tuer leurs personnages handicapés ou leur assurer une guérison magique. Iels ne peuvent s'imaginer qu'on puisse mener une vie heureuse tout en étant handicapé·e, donc iels se sentent obligé·es de tuer le personnage handicapé afin de « mettre fin à ses souffrances » ou de le guérir. [...] Les handicaps sont perçus comme un problème devant être résolu, quelque chose qui doit être réparé, et les auteurices valides terminent leur histoire avec ce qu'iels pensent être une fin heureuse : la suppression complète du handicap[6].

[6] Derek Newman-Stille, *Disability Tropes 101 – The Magical Cure*, 2019. En ligne : https://disabledembodiment.wordpress.com/2019/10/22/disability-tropes-101-the-magical-cure [Traduction libre].

Dans ce même billet de blogue, Newman-Stille écrit que cette guérison magique est souvent une récompense dans les récits de fantasy et fantastique. Après avoir complété sa mission et vaincu le mal, le personnage est ainsi récompensé afin de vivre heureux jusqu'à la fin des temps. Mais ce concept renforce l'idée que le handicap est un état indésirable qu'il faut transcender ou éliminer à tout prix. Ces idées et préjugés contribuent à opprimer les personnes souffrant d'un handicap et à garder notre société peu accessible pour elles.

Un exemple de la guérison magique utilisée en tant que récompense se trouve dans une autre série télévisée de Netflix, *The Witcher*. Au début de la série, la sorcière Yennefer de Vengerberg est une paysanne à la mâchoire difforme et à l'échine courbée. Elle est victime d'abus et de harcèlement à cause de son apparence, et ses propres parents finissent par la vendre pour quatre pièces de monnaie seulement. Après plusieurs années dans l'académie de sorcellerie d'Arethusa, Yennefer parvient finalement à atteindre pouvoir, beauté et immortalité. Le coût de cette transformation est sa capacité à porter un enfant, un choix qu'elle finit par regretter amèrement et qui devient sa motivation principale lors des épisodes suivants.

On peut donc voir quelques similarités entre les personnages de Yennefer et Viktor, deux personnages grandement affectés par un handicap dont ils parviennent à se débarrasser grâce à la magie. Bien qu'il y ait un coût à cette transformation, ces deux personnages n'hésitent pas à choisir la guérison plutôt que de vivre dans leur corps perçu comme inadéquat.

### « Évolution glorieuse » ou validisme ?

Il faut dire que la représentation du personnage de Yennefer n'est pas que négative. Les personnages handicapés sont rarement dépeints comme étant des êtres désirables ou sexuels, mais Yennefer a des relations sexuelles avec un homme qui éprouve des sentiments pour elle *avant* sa transformation en femme valide et attirante. N'empêche que son personnage perpétue l'idée qu'un handicap est un état dont il faut à tout prix se débarrasser… ce qui s'avère impossible pour nombre de personnes handicapées.

Et c'est là que l'histoire de Viktor prend une tournure complètement différente de celle de Yennefer. Lorsqu'il est finalement confronté à Jayce, son grand ami et partenaire de laboratoire,

Viktor comprend que son désir d'éliminer la douleur et la mort était erroné. Jayce lui fait comprendre que ses faiblesses n'en ont jamais été : elles sont simplement des éléments qui font de Viktor la personne que Jayce admire et aime depuis toujours.

*Arcane* explore donc le *trope* de la guérison magique sous un nouvel angle. On ne peut en vouloir à Viktor d'essayer de sauver sa propre vie, mais c'est aussi ce qui l'incite à prendre des décisions destructrices qui mènent à la perte de ses idéaux et ses émotions. Pas d'infirmité ni de douleur, mais à quel prix ? C'est la diversité et l'individualité de toustes qui font la beauté de notre monde, soutient Jayce, même si l'envers de la médaille est que les conflits et la douleur sont inévitables.

Il en est de même pour la diversité dans la SFF. Je n'ai aucun doute que d'autres feront une analyse différente du personnage de Viktor ou y trouveront des éléments problématiques, mais qu'à cela ne tienne, il me semble évident que l'équipe d'*Arcane* a bien réfléchi aux messages véhiculés par cette histoire. Les limites physiques de Viktor sont au cœur des motivations du personnage, mais la trame narrative renforce le message qu'il ne s'agit pas de défectuosités à éliminer.

Il est aussi important de noter que Viktor n'est pas le seul personnage handicapé dans *Arcane* : il y a Sevika, qui perd un bras et utilise des prothèses pour le reste de la série ; Jinx, qui souffre de psychose et autres troubles mentaux ; la petite Isha, qui semble souffrir de mutisme sélectif ; et j'en passe. Cette diversité (qui d'ailleurs ne se limite pas aux personnages handicapés) permet à *Arcane* de prendre des risques au niveau du développement de ses personnages et de sa trame narrative. Par exemple, le militarisme agressif d'Ambessa Medarda ne semble pas être un constat sur les personnes de race noire puisque la série met en scène d'autres personnages de race noire qui ne partagent pas son point de vue.

### En conclusion : SFF et résistance

J'ai choisi l'exemple d'*Arcane* pour démontrer qu'éviter les stéréotypes et les représentations problématiques ne se rapproche pas nécessairement de la censure. *Arcane* explore des thèmes importants et complexes, joue avec les attentes de son public, et raconte malgré tout une histoire enlevante et émouvante. À l'exception de Viktor, l'arc narratif des autres personnages n'est pas à propos de leur différence, quelle qu'elle soit : on y voit des personnages appartenant à des minorités ethniques et à la communauté LGBTQIA2S+, mais *Arcane* se concentre plutôt sur la classe sociale comme axe principal d'oppression.

Et c'est là la clé selon moi : plus il y a de personnages diversifiés, moins il y a de place pour les stéréotypes et les préjugés. Il ne faut pas non plus tomber dans l'autre extrême et s'improviser porte-parole de communautés auxquelles nous n'appartenons pas, mais tout le monde devrait pouvoir se reconnaître à l'écran et dans les livres. Et après tout pourquoi pas ? Pourquoi ne pas avoir de superhéros transgenres, de sorciers de race noire ou de commandants de vaisseau spatial féminins ? C'est grâce à un effort de représentation soutenu que la SFF peut continuer de repousser les limites de l'imagination et continuer à faire une différence dans notre monde bien réel.

Maude Abouche, de son nom de plume **Madi Haab,** est une écrivaine montréalaise queer et neuroatypique. Née d'un père marocain, elle s'inspire de son héritage culturel mixte et de ses diverses identités pour explorer les relations humaines à travers le fantastique, la science-fiction et l'horreur. En 2023, elle a reçu une mention honorable dans le cadre du prix de fiction étudiante Penguin Random House par l'entremise de l'Université de Toronto, où elle termine un certificat en création littéraire. Ses nouvelles sont parues dans les revues *Hexagon*, *Haven Speculative* et *Augur Magazine* sous son nom de plume. Retrouvez-la au lamotdite.com ou sur Instagram, Twitter et Bluesky @ lamotdite.

# LA NOSTALGIE DES FÊTES

## Nicolas Vigneau

« En lisant pour la première fois un bon livre, on doit éprouver le même plaisir que si l'on se faisait un nouvel ami : relire un livre qu'on a lu, c'est un ancien ami qu'on revoit. » - Voltaire

Chaque année, le congé des Fêtes est l'occasion pour moi, entre les soupers de famille et les partys entre amis, de renouer avec des livres qui sont chers à mon cœur. Les Fêtes ne sont-elles pas une période propice à la nostalgie ? Emmitouflé dans ma robe de chambre, confortablement installé dans le divan en face du sapin de Noël, une tasse de thé fumante sur la table basse et la télévision réglée sur le poste du feu de foyer, je renoue avec des histoires et des personnages que j'aime retrouver comme on retrouve de vieux amis. Dehors, les Îles de la Madeleine sont couvertes d'une bonne bordée de neige et les flocons cotonneux voltigent avec grâce dans le ciel. C'est la première fois depuis des lustres que l'archipel arbore un manteau blanc pour les Fêtes. Et moi, à bord de mes bateaux de papier et d'encre, je file vers des mondes imaginaires toutes voiles dehors, le cœur fébrile comme un enfant déballant ses cadeaux. Des mondes que je connais sur le bout des doigts, mais que j'aime parcourir et observe d'un œil nouveau, sous un angle différent. Des mondes qui sont autant un refuge et un espace d'évasion qu'un miroir et un laboratoire des possibles. Après tout, comme disait Goethe, le meilleur moyen de fuir le monde est l'art, et c'est aussi le meilleur moyen de le pénétrer. Je vais donc partager avec vous cinq œuvres littéraires que j'ai relues avec un grand bonheur entre Noël et le jour de l'An tout en me régalant allègrement avec les carrés aux barres Mars de ma mère.

### *La Dernière Licorne*, Peter S. Beagle

Quand j'étais enfant, j'ai découvert le film d'animation *La Dernière Licorne* grâce à la programmation de Ciné-Cadeau de Télé-Québec. Il a longtemps été mon film préféré. Je crois bien que je suis celui qui l'a loué le plus souvent chez Boum Vidéo, le ciné-club des Îles. Avec mes amies de maternelle, je me rappelle que je jouais à être une licorne prisonnière d'une apparence humaine et cherchant désespérément un moyen de rompre le charme. Une fois adulte, j'ai découvert presque par hasard que le film, lancé en 1982 et réalisé par Jules Bass et Arthur Rankin Jr., était une adaptation d'un roman éponyme. Je m'en suis rapidement procuré un exemplaire, et il s'est fait une place de choix dans ma bibliothèque.

*La Dernière Licorne* est le fruit du labeur et du talent de Peter S. Beagle, un écrivain américain originaire de New York. En 1968, une première version paraît chez Viking Press aux États-Unis, puis une seconde aux éditions The Bodley Head au Royaume-Uni. Une version française voit le jour en 1999 aux éditions Denoël. Il s'agit de l'œuvre la plus célèbre de Peter S. Beagle, considéré à l'international comme un grand maître de la fantasy. Depuis sa publication originale, plus de six millions d'exemplaires de ce roman ont été vendus à travers le monde et il a été traduit dans pas moins de 35 langues. En outre, *La Dernière Licorne* a souvent été nommé comme l'un des dix meilleurs romans de fantasy de tous les temps par des magazines spécialisés et leurs lecteurs. Cerise sur le sundae, l'année passée, Palgrave Macmillan, une maison d'édition universitaire britannique basée à Basingstoke dans le Hampshire, a publié une étude académique lui étant entièrement dédiée et le qualifiant de « canon » de la littérature de fantasy.

L'histoire nous emmène aux côtés d'une licorne qui, en surprenant la conversation de deux chasseurs traversant la forêt de lilas dont elle a la garde, apprend qu'elle est peut-être la dernière représentante de son espèce. Un papillon facétieux au discours décousu la met sur la piste du Taureau de Feu, qui aurait pourchassé et capturé toutes les licornes pour le compte du roi Haggard, les entraînant au bout du monde. La licorne se lance donc dans une quête périlleuse pour retrouver et libérer ses congénères. Elle rencontre sur son chemin des alliés précieux, tels que Schmendrick, un magicien incompétent, mais au noble cœur, et Molly Grue, la compagne vieillissante du chef d'une bande de voleurs à l'idéalisme toujours vivace. Les deux humains aident la licorne de leur mieux dans sa dangereuse recherche, Molly les guidant jusqu'au château en ruine du vieux roi Haggard. Au cours de son voyage, la licorne apprend que la souffrance peut nous amener à grandir, que la vie est façonnée par nos expériences avec le monde dans lequel nous évoluons et qu'il n'y a pas de fin, mais plutôt d'autres voyages à entreprendre. L'œuvre tient à la fois du récit initiatique et du conte courtois dans sa forme, mais Beagle s'amuse à en inverser les codes et à remettre ceux-ci en cause. Ainsi, sous des dehors de roman de fantasy classique au style sobre, voire naïf, *La Dernière Licorne* est éminemment lucide sans être désenchanté pour autant.

J'ai eu l'occasion de rencontrer Peter S. Beagle et de lui faire dédicacer mon exemplaire de son livre lors d'une tournée spéciale à Montréal, en 2014, où le film faisait un retour en salle partout en Amérique du Nord. Il a été doux et sympathique, m'a même un peu parlé en français, qu'il avait appris lors de la promotion de la version française en France. C'est un souvenir impérissable pour moi. Un souvenir qui remonte avec douceur chaque fois que je relis *La Dernière Licorne*.

### *Dragon Ball*, Akira Toriyama

Le 20 novembre dernier, le manga culte *Dragon Ball* a célébré son quarantième anniversaire. En effet, c'est le 20 novembre 1984 que les premiers chapitres de cette bande dessinée japonaise sont publiés pour la première fois dans le magazine de prépublication de mangas *Weekly Shônen Jump*. Le succès est tel que l'année suivante, la maison d'édition japonaise Shûeisha commence la publication en tomes reliés de cette série qui en compte 42 en tout. À partir de février 1993, Glénat Éditions s'attèle à la version française.

*Dragon Ball* est l'œuvre d'Akira Toriyama, auteur de mangas et *character designer* originaire de Nagoya, au Japon. Outre *Dragon Ball*, on le connaît pour les mangas *Dr Slump* et *Sand Land*, qui a récemment été adapté en série animée et en jeu vidéo, et pour avoir créé le *design* des personnages des jeux vidéo *Dragon Quest*, *Chrono Trigger* et *Blue Dragon*. Passionné de dessin depuis l'enfance, c'est après avoir vu le film d'animation *Les 101 Dalmatiens*, qui l'a impressionné, qu'il a décidé de s'orienter vers l'illustration.

Le maître Akira Toriyama s'est éteint le 1er mars 2024, à la suite d'un hématome sous-dural aigu. Il avait 68 ans. Il a laissé toute une génération de fans en deuil.

Toriyama s'est inspiré de *Voyage en Occident*, de Wu Cheng'en, l'un des romans fondateurs de la littérature chinoise mettant en scène Sun Wukong, le Roi Singe. *Dragon Ball* raconte l'histoire de Son Goku, un petit garçon étrange pourvu d'une queue de singe et initié aux arts martiaux par son grand-père adoptif, Son Gohan. Il est amené à partir à la recherche des Dragon Balls, des boules de cristal permettant d'invoquer Shenron, le dragon sacré qui, selon la légende, peut exaucer des vœux. Au fil de ses aventures, il se fait des amis, profite de la sagesse de différents maîtres et combat des adversaires de plus en plus forts, s'alliant avec certains d'entre eux. Avec plus de 160 millions d'exemplaires vendus au Japon et 260 millions à travers le globe, *Dragon Ball* est l'un des mangas les plus populaires. Les Japonais le considèrent comme le troisième meilleur manga de tous les temps.

Comme beaucoup de Québécois de ma génération, *Dragon Ball* est le premier manga que j'ai lu. Je me rappelle même qu'il s'agissait du tome 30. Un ami me l'avait prêté. J'avais 10 ans. Ç'a été le coup de foudre. J'ai écouté religieusement les séries et les films d'animation dérivés, et passé de nombreuses fins de semaine à jouer aux jeux vidéo de la franchise avec mon meilleur ami de l'époque. Aujourd'hui, je possède une collection de mangas qui frise les 900 tomes, mais je reste très attaché à *Dragon Ball*, avec qui tout a commencé. Surtout dans les premiers tomes, si en surface il pouvait parfois sembler puéril avec des blagues pipi-caca et quelques passages osés, les valeurs véhiculées étaient d'abord et avant tout l'honnêteté, l'abnégation et le dévouement à l'intérêt général, la compassion, le courage, l'amitié, l'esprit de groupe ainsi que l'importance des secondes chances, car les adversaires d'hier peuvent devenir de fidèles alliés, de ne jamais baisser les bras et de se surpasser pour atteindre ses objectifs. Et au final, c'est ce que j'ai retenu de cette œuvre majeure.

En quatre jours, pour célébrer ses 40 ans, j'ai dévoré avec un grand plaisir les 42 tomes de cette histoire qui amalgame aventure, arts martiaux, technologie de pointe, science-fiction et fantastique. Pendant quatre jours, j'ai eu 10 ans à nouveau.

### *Lestat le vampire*, Anne Rice

Si j'étais coincé sur une île déserte avec pour compagnon d'infortune un seul des livres de ma bibliothèque, je crois bien que c'est celui-là que je choisirais : *Lestat le campire*, d'Anne Rice. Publié en 1985, ce roman fantastique est le second tome des *Chroniques des vampires*, la série romanesque qui a fait d'Anne Rice une femme de lettres adulée partout à travers le monde. Il s'agit de la suite d'*Entretien avec un vampire*, paru en 1976 et porté avec brio au grand écran en 1994 par Neil Jordan, un film que je réécoute chaque année dans le courant du mois d'octobre.

Howard Allen Frances O'Brien, dite Anne Rice, est une romancière américaine. Il s'agit de mon écrivaine préférée. Ses ouvrages ont exercé une influence majeure sur mon imaginaire et ma façon d'écrire. Elle est malheureusement décédée le 11 décembre 2021, à la suite d'un accident vasculaire cérébral à l'âge de 80 ans. Celle qu'on surnommait la Reine des Vampires a eu une carrière littéraire de plus de 45 ans durant laquelle elle a écrit des romans fantastiques, des nouvelles érotiques et des livres à thème religieux. Chez elle, les vampires sont attrayants et souvent tourmentés par leur sensibilité ou leurs passions, rompant avec la figure classique du vampire à la Dracula. Outre les vampires, Anne Rice a exploité d'autres créatures surnaturelles avec *La Saga des sorcières Mayfair*, qui raconte la relation d'une puissante famille de sorcières avec l'esprit qui la hante sur plusieurs générations ; *Les Chroniques du don du loup*, qui suit les mésaventures de Reuben, un jeune journaliste transformé en homme-loup ; ou encore la série de *Ramsès le Damné*, qui nous entraîne auprès d'un pharaon immortel tiré de son sommeil lorsque sa tombe est découverte par un explorateur britannique. De plus, bien qu'étant une fervente croyante, elle s'est dissociée de l'Église catholique à cause du rejet de l'homosexualité par celle-ci, se proclamant « chrétienne indépendante ». En effet, dans ses romans comme dans la vie, Anne Rice a toujours été une ardente défenderesse de la communauté LGBTQ+, son fils Christopher Rice étant ouvertement gay.

Si le mélancolique Louis de Pointe du Lac, le narrateur d'*Entretien avec un vampire*, nous dépeignait son créateur et amant

Lestat comme un être diabolique, contrôlant et manipulateur, le deuxième volume de la série nous offre le point de vue du principal intéressé. C'est Lestat lui-même, s'éveillant à La Nouvelle-Orléans en 1984 après un sommeil de 55 ans et voulant répliquer au livre écrit par Louis, qui nous raconte sa jeunesse dans son Auvergne natale, puis sa transformation en vampire dans le Paris de Louis XV et ses ténébreuses aventures avec Gabrielle, Nicolas, Armand et Marius. Passionné, charismatique, ivre d'amour et de sensualité, on ne peut qu'être séduit par le jeune homme, puis le vampire qu'est Lestat de Lioncourt. Devenu une star du rock après l'écriture de son livre, Lestat défie aussi ses semblables en révélant leurs secrets à travers ses chansons, chamboulant toute la société vampirique, car il va beaucoup plus loin que ne l'a fait Louis avec son livre.

Des personnages flamboyants à la psychologie travaillée, des descriptions détaillées qui font surgir sous nos yeux des lieux lointains et des époques anciennes, un univers occulte complet avec sa genèse et les règles qui le régissent… Anne Rice a conçu un incontournable de la littérature fantastique avec ce roman et conféré une émouvante humanité à l'une des figures les plus classiques du monstre. Bien qu'il s'agisse d'une suite, il est possible de le lire sans avoir lu *Entretien avec un vampire*, quoique j'en recommande également la lecture. En fait, tous les livres d'Anne Rice méritent d'être lus.

Je suis tombé sur *Lestat le vampire* dans la bibliothèque de l'École polyvalente des Îles lorsque j'étais adolescent. Je suis immédiatement tombé amoureux de ce personnage plus grand que nature et de la plume raffinée de l'écrivaine qui l'a créé. J'ai dû lire ce livre une bonne dizaine de fois, et c'est un plaisir retrouvé à chaque relecture. Lestat traverse son existence ténébreuse comme si le monde était un Jardin sauvage régi par la Beauté et donne envie de l'accompagner dans ses tribulations d'enfant terrible du monde de la nuit.

Le samedi 1ᵉʳ novembre 2025, au cœur de La Nouvelle-Orléans, Christopher Rice invite tous les Enfants des ténèbres à venir rendre hommage à son illustre mère lors d'un événement unique : *Anne Rice, une célébration de la Toussaint*. On nous promet une exploration immersive et théâtrale de l'héritage de l'écrivaine avec des performances musicales, des conférences et un voyage cinématographique luxuriant et émouvant à travers la remarquable histoire de vie d'Anne, de ses humbles débuts en tant qu'enfant sensible au sein d'une famille ouvrière irlandaise à son ascension stratosphérique pour devenir l'un des auteurs les plus célèbres au monde. Ne me cherchez pas en octobre prochain, je passerai l'Halloween à La Nouvelle-Orléans. D'ici là, je compte bien relire tous mes livres de la grande Anne Rice. Mon seul regret, c'est que ses dernières œuvres, *Blood Communion*, *Beauty's Kingdom*, *The Passion of Cleopatra* et *The Reign of Osiris*, n'aient toujours pas été traduites en français, m'empêchant de compléter ma collection.

### *Le Pacte de la mer*, Satoshi Kon

La mer est d'une importance capitale pour la population des Îles de la Madeleine, peuple insulaire vivant principalement de la pêche au homard et au crabe. En sa qualité de pays insulaire, le Japon a fait lui aussi une place de choix à la pêche, cette activité dont les peuples vivant à proximité de l'eau tirent leur subsistance depuis des siècles. C'est sans doute pourquoi, adolescent, j'ai été happé par ce manga magnifique qui incarne le rapport ambivalent qu'entretiennent les Japonais avec la mer. Un rapport similaire au nôtre, quelque part entre l'admiration et la crainte. Parce que la mer peut être aussi généreuse que cruelle.

Écrit et dessiné par Satoshi Kon, un grand artiste emporté par un cancer en 2010 qu'on connaît surtout comme réalisateur de films d'animation époustouflants (*Perfect Blue*, *Millenium Actress*, *Tokyo Godfathers*, *Paprika*), *Le Pacte de la mer* a été publié au Japon en 1990. Il est traduit une première fois en français en 2004 par la maison d'édition Casterman sous le titre *Kaikisen — Retour vers la mer*, puis en 2017 par Pika Édition sous son titre actuel, plus fidèle à son titre original. Il s'agit d'un seinen, un type de manga qui cible un public mature, et l'histoire ne se déploie qu'en un seul tome.

Satoshi Kon nous entraîne dans une petite ville côtière appelée Amidé, où l'on raconte qu'autrefois un pacte fut conclu entre un prêtre shintô et une sirène. La créature marine aurait confié un œuf à la garde du prêtre pour qu'il le protège, en échange de quoi elle assurerait une pêche abondante et la prospérité de la ville. Faisant partie du clan des prêtres shintô devant protéger l'œuf, Yôsuké croit plus ou moins à cette légende défendue bec et ongles par son grand-père. Mais lorsqu'un projet touristique de grande envergure menace de bétonner la côte, tout s'emballe et Amidé est divisée en deux camps. Le temple shintô n'échappe pas aux bouleversements, ni la famille de Yôsuké. Son père est favorable au projet, alors que son grand-père est farouchement opposé à celui-ci. Mais lorsque l'œuf est dérobé, Yôsuké rejoint son grand-père dans son combat pour que la relique soit récupérée et conservée dans le respect et la tradition.

*Le Pacte de la mer* se fait le reflet d'un débat qui a cours au Japon depuis les années 70 : l'essor du pays doit-il se faire au détriment du respect de l'équilibre entre la nature et les intérêts humains prôné par la tradition shintô ? Une question que les Japonais sont bien loin d'être les seuls à se poser et qui est dans l'air du temps, à l'heure de la lutte aux changements climatiques. Si vous voulez mon avis, sans cet équilibre, nous courons tout droit à notre perte, et nous ne l'atteindrons pas sans modifier nos habitudes de vie, faire les choix de société qui vont en ce sens et adopter les politiques nécessaires pour l'atteindre. Le ferons-nous avant qu'il ne soit trop tard ? Il y a tellement de forces qui s'y opposent que c'est parfois décourageant, qu'on se sent impuissant. Heureusement, lire des histoires comme le manga de Satoshi Kon a tendance à raviver la flamme dans mon cœur et à me rappeler ce dont je suis convaincu au plus profond de moi. Il ne faut pas baisser les bras. Même si c'est dur, il faut se battre pour empêcher le bétonnage de la côte et récupérer l'œuf de la sirène. L'équilibre en vaut la peine, autant pour la nature que pour les sociétés humaines.

### *L'enfant, la taupe, le renard et le cheval*, Charlie Mackesy

Faisant partie du butin littéraire que j'ai ramené d'une escapade au Salon du livre de Montréal il y a quelques années, *L'enfant, la taupe, le renard et le cheval*, de Charlie Mackesy, est un ouvrage qui me faisait de l'œil depuis un certain temps avant que je ne me décide enfin à me le procurer. Et je vous le dis d'emblée, je n'ai pas regretté d'avoir cédé à la tentation! Traduit en français et publié en 2020 aux éditions Les Arènes, il s'agit d'une fable universelle pleine de douceur et digne des meilleurs contes philosophiques comme *Le Petit Prince* de Saint-Exupéry, *Jonathan Livingston le goéland* de Richard Bach ou *L'homme qui plantait des arbres* de Jean Giono.

Charlie Mackesy est un artiste, illustrateur et auteur britannique originaire du Northumberland. Il a commencé sa carrière en tant que dessinateur pour *The Spectator*, un hebdomadaire spécialisé en politique, culture et questions d'actualité. Ensuite, il est devenu illustrateur de livres pour la prestigieuse Oxford University Press. Entre autres choses, il a vécu et peint en Afrique du Sud, et a même fait partie des artistes sélectionnés pour travailler aux côtés de Nelson Mandela sur The Unity Series, un projet de lithographie. *L'enfant, la taupe, le renard et le cheval* est né grâce à l'audace d'une éditrice d'Ebury Publishing qui l'a contacté après avoir vu ses dessins sur son compte Instagram pour l'inciter à faire un livre. D'ailleurs, dans l'introduction de l'ouvrage, Mackesy avoue qu'il s'étonne lui-même d'en avoir publié un, lui qui lit si peu.

Dédié à sa mère et son chien Dill, le livre de Charlie Mackesy est une ode à l'innocence et à la bienveillance qui raconte l'histoire d'une forte et belle amitié entre un enfant curieux, une taupe raffolant de gâteaux et de câlins, un renard silencieux et rendu méfiant par les épreuves de la vie ainsi qu'un cheval serein et sage. Au début, l'enfant se sent seul, mais la taupe apparaît et le sort de sa solitude. Au cours de leur périple, ils sauvent un renard pris dans un piège. Il finit par se joindre à eux. Puis, ils rencontrent le cheval. Ensemble, ils explorent le vaste monde, contemplent la nature, se posent des questions, traversent des tempêtes et apprennent à s'aimer, les uns les autres, mais surtout eux-mêmes.

Les magnifiques dessins de Mackesy, qui ponctuent le récit, se veulent autant de refuges dans une mer de mots. Ces derniers tissent des phrases pleines de perles de sagesse afin d'aider les lecteurs et les lectrices, qu'ils aient 8 ou 88 ans, à vivre courageusement, à être plus gentils avec eux-mêmes et les autres ainsi qu'à demander de l'aide quand ils en auront besoin, ce qui est toujours courageux. Parce que comme le révèle le cheval : « En vérité, tout le monde improvise. »

Une adaptation cinématographique en dessin animé a été diffusée sur Apple TV+. Jude Coward Nicoll prête sa voix à l'enfant, Tom Hollander fournit la sienne à la taupe, Idris Elba incarne le renard et Gabriel Byrne interprète le cheval. Tout comme le livre, le film est un baume pour le cœur. Si vous avez besoin de beau et de doux, n'hésitez pas à vous plonger dans le cocon réconfortant de ce conte moderne plein de lumière.

Cinq livres. Cinq amis de papier. Cinq histoires qui me font vibrer avec la même intensité d'une lecture à l'autre, qu'elles m'accompagnent depuis l'enfance ou seulement quelques années. En cette période politiquement sombre et morose qui se profile à l'horizon, plus que jamais nous aurons besoin de toutes les oasis où nous pouvons nous évader, nous réfugier et refaire nos énergies pour mener de toutes nos forces les luttes à venir contre les reculs sociaux. En voici cinq des miennes, et j'espère qu'elles pourront l'être pour vous également.

Originaire des Îles de la Madeleine, **Nicolas Vigneau** possède un bac en études littéraires de l'UQAM. Il a participé à plusieurs collectifs de la Corporation Champs Vallons aux Éditions Création Bell'Arte, où il a publié en 2016 son premier recueil de poésie, *Cordages : Les liens du monde*. Chaque été, il travaille comme comédien et auteur dans la troupe de théâtre du Centre culturel de Havre-Aubert.

Depuis 2018, il est propriétaire de la bouquinerie L'Île du Livre dans le village de Cap-aux-Meules, un lieu de vie pour tous les bibliovores de l'archipel. Au printemps 2020, il a rejoint l'équipe du *Radar*, l'hebdomadaire des Îles de la Madeleine, comme correcteur et chroniqueur.

**_Impossible ici_ (_It Can't Happen Here_), Sinclair Lewis, Penguin Publishing Group, 2014, 416 p.**

Marie d'Anjou

> _J'ose dire que si la démocratie américaine cessait de progresser comme une force vive, cherchant jour et nuit, par des moyens pacifiques, à améliorer la condition de nos citoyens, la force du fascisme s'accroîtrait dans notre pays._
>
> F. D. Roosevelt, 1938

Le roman de mise en garde, maintenant uchronique, de Sinclair Lewis _Impossible ici_ (_It Can't Happen Here_) est un coup de cœur par nécessité. Cette histoire, publiée dans les années 1930, décrit avec une extrême lucidité comment les États-Unis auraient pu devenir fascistes, tout comme une partie de l'Europe. Ce livre est glaçant d'actualité.

On suit une petite famille de classe aisée du Vermont, dont Doremus Jessup est le père, un journaliste, intellectuel dans une Amérique au chômage. Dès le début, des rumeurs de plus en plus racistes circulent, des tensions de classes sociales plus raides, des idéologies plus rétrogrades où quelques voix opposantes se lèvent, mais sans plus. On est dans l'opinion libre de chacun·e, après tout. Doremus témoigne d'un clivage de plus en plus grand, d'une confusion envahissante jusqu'à l'élection (uchronique) d'un parti acclamé par la foule, avant le basculement en quelques années de tout un pays dans la dictature. Vient un point où Doremus n'a plus, en toute conscience, le choix d'agir contre ce nouveau régime.

Cette uchronie m'a giflée. Je l'ai commencée entre l'élection américaine du cinq novembre et la post-inauguration. J'étais incapable de le dévorer plus vite, moi qui l'aurais parcouru tranquillement en deux semaines. Comme beaucoup d'entre nous, j'étais engourdie, incrédule, enragée ou en déni. Je voyais dans le monde ce que je lisais en un parallèle presque parfait. Rencontrer ce roman a été terrible dans de telles circonstances, mais j'en retiens sa cruciale importance.

Si les dystopies mettent en garde contre des tendances pernicieuses, elles décrivent surtout ce qui arrive après, les conséquences, et parfois l'espoir de contrecarrer. *Impossible ici* raconte l'avant, ce point de déséquilibre croissant, ces signes avant-coureurs. Dans ce roman, j'ai pu noter (oui, dans mon exemplaire avec mon stylo bien insolent) les caractéristiques types du fascisme telles qu'analysées par l'écrivain et homme d'affaires Lawrence Britt, près d'un siècle plus tard. La perspicacité de Lewis, sa compréhension du politique et du social en crise, s'est révélée d'une justesse désarmante. Autant les éléments subtils qu'il met en place dans le récit, que le déni des citoyen·nes (puisque c'est « impossible ici »), l'incessant doute de ceux et celles plus éveillé·es (wokes ?), et les promesses trop grasses de politiciens à un peuple déjà (volontairement ?) mis à terre, prêt à croire n'importe quoi ; tous ces éléments font écho.

Ce roman est loin d'être une échappatoire. Il est lourd, mais essentiel, car il enseigne à voir clairement une telle route se profiler, ce que peu de fictions proposent. Ce qui manque à *Impossible ici*, par contre, est l'incapacité d'imaginer des solutions pendant ce basculement. Comment, surtout, comment réunifier cette majorité opprimée délibérément fragmentée par une telle violence ?

*

**Et si le Diable le permet**, Cédric Ferrand, Alire, 2024, 270 p.

Frédérick Boulay

Montréal, 1930. Sachem Blight, enquêteur privé torontois, se spécialise dans la recherche des progénitures de riches qui se perdent aux quatre coins du globe. Il est engagé par l'architecte du Pont du Havre dont le fils, Stanley Jenkins, semble s'être évaporé dans la partie francophone de Montréal. En plus des guerres idéologiques qui animent la ville, Sachem ne maîtrise que très peu le français. Par chance, sa route croise celle d'Oxiline, sa demi-sœur bilingue qu'il connaît à peine. Ils vont donc s'entraider lors de cette enquête qui prendra de nombreux détours insolites...

Ce premier tome d'une série qui mettra en vedette Sachem et Oxiline est droit sorti des vieux magazines pulp. Mystère, fantastique, enquêteur batailleur, aventures rocambolesques... Cédric Ferrand est clairement un connaisseur et amoureux du genre, et s'amuse en plaçant ce type d'histoire dans un contexte montréalais. Il ouvre d'ailleurs le roman avec une scène qui nous plonge directement dans le style des récits pulp : Sachem se retrouve sous terre à suivre un groupe de fanatiques vouant un culte à une créature surnaturelle, afin de sauver une jeune femme s'étant fait kidnapper.

Ferrand a aussi un talent particulier pour traduire des ambiances. Ce Montréal des années 30, on a l'impression de s'y promener. On voit bien les lieux se matérialiser, et les scènes d'action sont fluides et imagées. La narration entremêle naturellement les descriptions sérieuses et les commentaires plus cyniques et humoristiques. Le ton qui en résulte est très agréable et captivant, et permet un certain côté méta que j'ai beaucoup apprécié.

Une autre des forces du roman, c'est ses personnages, et surtout, la relation entre Sachem et Oxiline. On est témoin de leur rencontre et ils paraissent à première vue bien différents : un homme vieux jeu, solitaire, et une adolescente en pleine émancipation. Sachem considère sa jeune sœur comme un boulet au début, une mineure de qui s'occuper. Rapidement, les ressemblances s'imposent. Leur goût de l'aventure, leur courage parfois imprudent, leur détermination... Ils s'attachent et se trouvent une famille qu'ils n'ont jamais eue auprès de l'autre. J'ai donc hâte de voir l'évolution de cette relation dans *Le tour du monde en un jour*, à paraître en 2025 chez Alire.

Malgré que le récit nous garde en haleine, le fil conducteur de l'histoire peut être difficile à suivre par moments. L'enquête de Sachem et Oxiline semble aller dans plein de directions qui sont vite délaissées. La finale réussit toutefois très bien à boucler la boucle de toutes ces intrigues à première vue abandonnées. Je ne peux que recommander ce roman, qui m'a permis de découvrir Cédric Ferrand.

*

***Lapin*** **(traduction de Marie Frankland), Mona Awad, Québec Amérique, 2021, 448 p.**

Marie Pelletier

Ce livre aux couleurs flamboyantes des années 1990 en anglais et aux couleurs beaucoup plus sobres en français est tout sauf innocent. Par un après-midi d'automne alors que j'étais hospitalisée pour une courte maladie, j'ai commencé ce que je croyais être un portrait grinçant du milieu universitaire et des cliques qui s'y forment. J'ai rapidement constaté qu'il n'en est rien, ou sinon, si peu. Dans *Lapin,* nous suivons la protagoniste Samantha qui en est à sa dernière année d'études en création littéraire. Son monde bascule quand les fameux *lapins* l'invitent, selon toute apparence, à s'intégrer à leur club sélect en participant à une soirée privée. C'est à partir de ce moment que Samantha tombe dans un trou d'Alice d'où personne ne sort indemne.

Attention, énumération rabelaisienne à venir : au nombre des thèmes exploités, entre autres, on trouve l'amitié, la solitude, le besoin d'appartenance, la féminité, la pression sociale intrinsèque ou extrinsèque, le milieu de l'éducation supérieure, les relations hommes-femmes et la recherche de soi qui se produit souvent quand nous sommes à la croisée des chemins (dans ce cas-ci, à la fin des études). Ces moments déstabilisants se manifestent à travers différents procédés dans le récit : la ville universitaire, étrangement peu hospitalière (nous sommes très loin de Harvard, ici), la meilleure amie de Samantha qui disparaît, les Lapins qui font passer à Samantha des épreuves sinistres et tordues, et la direction de son département, dont le joug s'intensifie au fil du roman.

Mona Awad se sert de l'horreur fantastique (oui, il s'agit bien d'un roman d'horreur, malgré les apparences et malgré son début un peu rigide) pour illustrer les tempêtes intérieures du personnage principal. Sam, qui n'a aucune famille ni attache, bataille pour affirmer sa place dans le monde, représenté par son département et le groupuscule que sont les Lapins. Qui n'a jamais eu l'impression d'être seul·e dans une foule ? Son odyssée orageuse ne serait-elle pas une lutte contre elle-même, au fond ?

Pour clore ce coup de cœur, la sublime traduction franco-canadienne de Marie Frankland mérite d'être soulignée. En effet, puisque Mona Awad est née au Canada, pourquoi traduirait-on en français international ? Les expressions et les dialogues sont reproduits de main de maître et donnent vraiment l'impression que le livre a été écrit ici. Une histoire d'horreur bien de chez nous, quoi. J'attends avec impatience la sortie de la suite, prévue cette année en anglais.

*

***Les Archives de Roshar : La Voie des rois, tome 1***, **Brandon Sanderson, Le Livre de Poche, 2015, 768 p.**
***Les Archives de Roshar : La Voie des rois, tome 2***, **Brandon Sanderson, Le Livre de Poche, 2015, 799 p.**

Pierre-Denis Noël

Dans cette œuvre immense, première d'une monumentale série planifiée en dix tomes, dont cinq sont déjà publiés, l'auteur nous convie à visiter l'un des mondes de son univers, Cosmère. La nature y est richement détaillée et l'adaptation réfléchie des plantes et animaux, afin de leur permettre de survivre aux tempêtes régulières, offre un réalisme invitant. Le souci porté à la création de ce monde magnifique et brutal sert de manière exquise l'histoire. Au fil des pages, nous découvrons l'interaction de ces êtres nommés «sprènes» avec les légendaires Chevaliers Radieux. Également, le lecteur comprend que les tempêtes contiennent en elles la fulgiflamme, forme d'énergie pouvant s'accumuler dans des sphères de différentes couleurs pour représenter la monnaie, et de laquelle est tirée la magie des Attaches. Ces sprènes offrent des capacités impressionnantes pour se jouer de la gravité et permettent à l'auteur de présenter de superbes scènes de combat, alors que celui ou celle inspirant la fulgiflamme marche au plafond ou déplace des objets pour encombrer les ennemis.

Au-delà du monde, ce sont les personnages qui sont les plus intéressants. Brandon Sanderson est pourvu de la qualité incroyable de développer ces derniers et de créer un attachement indéniable envers eux.

Premièrement avec Shallan, qui conçoit un plan risqué pour tenter de sauver sa famille de la ruine, mais impliquant de voler un objet à la sœur du roi ! Possédant aussi un talent extraordinaire pour le croquis, elle dessine des entités que ses yeux refusent de voir. Tous ses combats intérieurs sur ses ambitions d'éducation sous la tutelle de Jasnah, la sœur du roi, et le vol qu'elle s'apprête à commettre nous font souhaiter qu'elle trouve une solution à ce casse-tête.

Deuxièmement avec Kaladin, devenu esclave de manière inconnue initialement et qui est hanté par une sprène des vents. Au fil de l'histoire, nous le voyons tourmenté par tous ceux qu'il a cherché à protéger et qui, malgré tout, sont morts. Alors, continuer à se battre ou abandonner tout espoir ? En parallèle à sa vie d'esclave, nous le voyons à travers plusieurs retours en arrière, jeune, étudiant l'anatomie pour remplacer son père comme chirurgien du village, plus âgé avec son premier amour, puis plus tard, lorsque le destin s'acharne contre lui. De loin mon personnage préféré qui, malgré toutes ces épreuves, persiste et garde toujours ce désir ardent d'aider son prochain.

Finalement avec Dalinar, oncle du roi, dont le frère fut tué le jour de la signature du traité avec les Parshendis, déclenchant le Pacte de Vengeance qui implique les Hauts-Princes dans un combat sur les Plaines Brisées depuis déjà cinq longues années. Lisant le même livre que son frère, *La Voie des rois*, qui pousse à suivre un code d'honneur strict et à conserver un sens moral aigu, ce qui irrite les autres Hauts-Princes, il se voit pris au centre d'une conspiration de trahison envers le roi. Ce caractère très noble est ce qui attire le plus vers ce personnage vieillissant et dont la sagesse est rabrouée par ses pairs. De plus, il se croit dément en raison de ses visions lors des grandes tempêtes balayant tout Roshar, mais elles s'avèrent plus utiles qu'attendu.

Au final, de la fantaisie grandiose se cache en ces romans, et je vous invite à vous y abandonner. L'envoûtement dont est capable l'auteur vous fera rapidement oublier que cette œuvre, traduite en deux tomes de 700 pages, est énorme, car je vous promets que vous serez emportés par l'histoire !

*

**Les rythmes de la poussière**, Léa Murat-Ingles, Les éditions du remue-ménage, 2024, 224 p.

Madi Haab

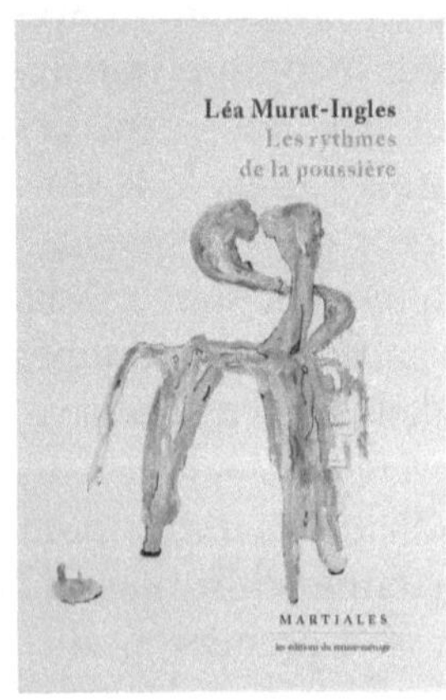

En 2046, les changements climatiques et de nouvelles pandémies sévissent. Une jeune femme dont on ne connaît pas le nom passe Noël seule pour la première fois, alors qu'un confinement la tient éloignée de sa famille qui se reconstitue sans elle. À la demande de sa grand-mère, sa « Manmie », elle numérise le contenu de plusieurs boîtes de documents et souvenirs afin de les téléverser sur Decujus, une plateforme d'IA visant à relier les profils possédant la même généalogie.

La quête identitaire est au cœur de ce roman qui chevauche différentes catégories : autofiction, dystopie, afrofuturisme et même texte académique. Raconté par le biais de notes personnelles, des documents d'archives et des extraits d'un mémoire portant sur les archives et la mémoire générationnelle des communautés afrodescendante et haïtienne, le récit nous transporte à travers les réflexions du personnage principal alors qu'il est en proie à la solitude, la dépression et un sentiment de dérive.

C'est que cette jeune personne a peu de repères identitaires : « Je suis tout et rien en même temps. Je suis des moitiés d'un tout qui ne savent pas comment s'assembler. Je suis haïtienne, mais quasimoblanche. Bisexuelle, mais *hétéropassing*. Ni cis ni trans. Neuroatypique sans avoir eu de diagnostic autre que celui d'"épisodes dépressifs récurrents". » Elle cherche désespérément des connexions, notamment grâce à Decujus, mais elles sont éphémères et parfois même trompeuses.

C'est sans compter le fait que Decujus reproduit les mêmes systèmes d'oppression qui affectent le reste de notre société. Comme notre héroïne ne peut pas se permettre un compte prémium, certains de ses documents ne peuvent pas être sauvegardés, faute d'espace, alors que d'autres sont corrompus. Murat-Ingles y illustre un parallèle avec les archives et études académiques, lesquelles ont malheureusement tendance à prioriser la mémoire blanche plutôt que celle des communautés afrodescendantes, celle des hommes plutôt que des femmes.

Faisant à peine plus de 200 pages, *Les rythmes de la poussière* est relativement court, ce qui ne l'empêche pas d'explorer de nombreuses thématiques et de soulever des questions fort pertinentes pour quiconque a subi la pandémie de coronavirus et les changements climatiques. Étant moi-même à moitié marocaine, je me suis aussi reconnue dans cette quête identitaire et ce sentiment de déséquilibre et d'entre-deux. J'ai adoré la forme expérimentale, laquelle permet d'explorer ces éléments encore plus en profondeur que si Murat-Ingles s'était limitée à la fiction ou au texte académique.

Bref, *Les rythmes de la poussière* recèle maintes idées et émotions. C'est une œuvre holistique et ambitieuse, un récit doux-amer qui nous amène à porter un regard différent sur soi, l'histoire et l'importance de la communauté.

# ARTISTE VISUEL

La couverture de ce numéro de *Brins d'éternité* a été réalisée par François Simard.

Ardent consommateur d'images, François œuvre dans le domaine du design graphique depuis plus de vingt ans. C'est le soir, lorsque la maisonnée devient tranquille, qu'il se plonge derrière sa table à dessin pour créer ses histoires et illustrer celles des autres.

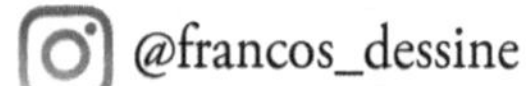 @francos_dessine